人間誌異

口罩

芙蘿
龍雲
不帶劍
路邊攤
星子
著

名人推薦

Div另一種聲音（暢銷作家華文靈異天王）：

這是一場以口罩爲名的盛宴，五位高手，各展長才。

其一，銅錢罩。從來沒想過口罩不只能防疫，更能僻邪鎭鬼，故事將人帶回那古老的山中小鎭，在冷冷的陰風中，隔壁房間傳來棺木被人緩緩推開的聲音……豐富的玄學知識與精彩人屍對決，好看！

其二，笑。這篇瞬間又拉回了城市，那看似燈火通明、熱鬧非凡的群聚之地，棲息著比什麼都可怕的鬼，那個鬼，就是人心，在詭譎的氣氛中，驚嚇力百分百！

其三，口罩。這是一篇情感深厚的鬼故事，場景拉回你我都熟悉的考試壓力與家庭關係，鬼之所以成鬼，是因爲對陽世情感的羈絆，驚嚇之餘更多的是惆悵與感動，很喜歡這一篇。

其四，伊達。令人極度驚喜的作品，透過特殊疾病與口罩相連，創造出節奏明快，沒有絲毫冷場的故事，前面的伏筆與後面的高潮兩者絲絲入扣，堪稱最佳點子鬼故事。

其五，醒神。只有一句話，「只有星子可以挑戰星子」，四大故事在第五個故事中被完美融合，古老道術，城市異色，人鬼情感，謀殺推理，全部在醒神中得到了歸屬。

眞的好看，請你們不要停止的創作下去，這世界需要你們，每個熱愛恐怖故事的人都需要你們。

冬陽（推理評論人）：

又一本精彩有趣的接龍寫作，題材還頗應景地用上口罩，揉合八〇、九〇年代香港殭屍電影文化以及懸疑推理等多種元素，在五位身處不同文化地域的華文作家筆下展開競合，緊張驚悚且娛樂性十足，故事線相互交纏頗具巧思，讀來暢快過癮！

何敬堯（奇幻作家，《妖怪臺灣》作者）：

口罩下，掩藏著人性的掙扎、善惡的選擇，由此入題的靈異故事，讓人耳目一新。五位怪談作家編織的黑色小說集，穿梭於眞相與謊言之間，翻卷之時總是冷汗涔涔，深怕看到不該看的眞面目。

莊絢維（Netflix人氣影集《誰是被害者》導演）：

二〇二〇年，這個世界經歷了一場改變人類生活模式的疫情，航班停飛，國與國信任崩塌，經濟上的影響直逼大蕭條時期，宛如一部史詩級的災難電影，就連生物最理所當然的呼吸，都令人提心吊膽，在一陣瘋狂中，口罩甚至一度成爲貨幣……

口罩雖然能夠隔絕病毒，但也隔絕了人類的表情，口罩之下，未知的情緒難免令人產生恐懼。經典深刻的作品，總是能反映某種社會集體壓抑的情緒，就像這本小說，集結了這個時代中，五個最詭異、最浪漫的腦袋，交織出一部奇幻戰慄的啓示錄，側寫了這個時代的瘋狂。

陳郁如（暢銷作家）：

在這個疫情時間，大家爲了口罩有不同的見解，紛紛擾擾，看這本書特別有感。而且每個作者跳脫本來口罩的意義，重新創作，有驚悚有奇幻有推理有溫情，各有各的特色，更是讓人一再驚喜。結局篇再來個大串合，不僅不突兀，整合再創新的功力讓人佩服萬分，看得非常過癮。

螺螄拜恩（暢銷作家）：

以呼應時事之「口罩」爲題，五位創作者以豐富想像力展開一場各出奇招的華山論劍，包含富古樸風味之鄉野傳奇、滿足恐怖渴望的都市傳說，以及森冷黑暗的現代寓言等。作者相互拋擲故事元素，激盪出精彩絕倫的靈感火花，最終將文風各異之出色短篇融匯成一部環環相扣的長篇怪談，讓讀者的大腦與心靈皆獲得上乘滿足，貪戀縈繞舌尖的富饒故事餘味。

銀色快手（《解憂書店》作者）

在形勢嚴峻的疫病之年，口罩成為一種有形的防護與無形的枷鎖，它解構著人與人之間的關係，也夾雜著種種複雜而矛盾的情感，更激發了秀異的小說家無比絕倫的想像力。

看完《口罩：人間誌異》又讓我重新燃起學生時代對於倪匡式科幻的癡迷，以及港片裡道士與殭屍大鬥法的驚嚇懼怖與暢快淋漓的滿足感。每篇故事各具巧思與神采，讓人目不轉睛，故事節奏緊湊，絕不拖泥帶水，以煉蠱巫術為楔子，與難以理解的新型冠狀病毒又能相互呼應，豈不妙哉。

古來就有蠱毒害人的傳說，人心之毒更甚於此，透過東方道術的奇幻元素，揉合了現代的懸疑推理與現實存有的刑事案件，一個故事比一個故事離奇，靈異與咒術，輪迴和觀落陰，很適合愛看恐怖片的朋友，感受文字之中散發的戰慄之感。

環環相扣的劇情，運用口罩揭示人世浮沉的眾生相，表象之下又隱隱埋藏伏筆，誰也不知每個人的宿命因果，竟會如此玄妙相連，看到末篇又觸發了前幾篇不同的想像空間，可謂神來之筆！

口罩的功能被各種表情所演繹，幾乎成為時代的容顏，而創作者們傾其幻想構築成精巧的鏡像迷宮，就看這當中折射出的人情糾葛究竟所爲何來，恐懼與欲望，愛與救贖，只能在小說中體會箇中眞味。

我要在此許願，這些故事有機會能夠拍成電影版，以饗天下讀者眼福。

守夜人樂團（金曲獎最佳演唱組合入圍）

林哲熹（新生代男演員）

馬欣（作家）

——極力推薦

目錄

楔子

無星無月的夜裡，削瘦老人揹著破舊背包，提著油燈和一袋東西，踏進了這不知荒廢多少年的老廟裡。

老人雙腳搖搖晃晃，嘴唇乾裂發白，虛弱喘著氣，走過滿佈塵土、草木叢生的小廟正殿，轉入後房，推開一扇小門，一步步走下地窖。

他在漆黑地窖裡推開第二扇小門，走進一條陰暗坑道，一路走至盡頭，在一座老木櫃前噗通跪下，喘了好半晌氣，揭開櫃門，從中捧出一只漆黑陶罈，揭開罈蓋。

「孩子，辛苦你啦……」

奇異的說話聲從陶罈響出。

「……」老人沒有應答，繼續喘著氣，從隨身提袋裡，摸出一大塊用油紙包裹妥當的東西，他揭開一層層油紙，裡頭是一顆血淋淋的人頭、一條手臂和一顆心臟。

「哇。好香哪——」那奇異說話聲聽來開心期待。「你真有心，我有你這徒弟，眞是福氣。」

「……」老人依舊沒有應答，又取出一只小瓶，揭開，往罈裡傾下一注殷紅鮮血。

「好香、好香哪——」聲音陶醉呻吟起來。

老人提著油燈瞧著罈裡，只見那鮮血淋在罈中古怪黑灰上，不但沒有沾濕一點灰，反而像是流入異次元般消失得無影無蹤。

「眞棒、眞棒，不夠、不夠呀！」聲音催促起來。「單單喝血喝不飽，我還要肉，給我人肉哪！」

「……」老人不言不語，從背包中掏出利刃，捧起心，削片，扔入陶罈。

「哦，是人心，人心好吃，百吃不膩。」聲音開心呢喃。

一片片削成薄片的心，落入陶罈黑灰上，像是踩進了流沙的牲畜般，漸漸陷沒，消失無蹤。

小小的陶罈黑灰裡頭彷彿無窮無盡，老人花了很長時間，削完了心開始削人手，削完了人手開始削人頭，削完人頭臉上皮肉，還拿出利斧劈開頭顱，用湯匙舀出腦漿，一杓一杓餵入罈中。

「呼——眞是過癮，太美味了。」聲音嚐盡了老人帶回的珍饈美味，心滿意足地呼著氣，對老人說：「怎麼了？你不舒服？還是不開心？怎麼都不說話？」

「……」老人默默將殘骨用油紙包妥，蓋上鐔蓋，將陶鐔放回櫃子，聽聲音追問他身體情況，終於開了口。「我只是……有點累了……」

「辛苦你啦，去睡一下吧，自己找點東西吃。」聲音這麼說。「晚點要施咒啦，吃飽點。」

「是……」老人搖搖晃晃走出坑道、走出地窖，在破廟門後一張躺椅躺下，望著廟門外頭遠方漸漸發白的天空。

他望了好長好長的時間，都沒有闔眼，甚至沒有眨眼。

「我到底……」老人用極低的聲音呢喃著。「在做些什麼呢？」

老人維持著同樣的姿勢，看著廟外天空，從清晨到正午再到黃昏，從晴朗到大雨再到彩虹。

直到地窖隱約傳來呼喊聲，老人終於下了躺椅。蹣跚地走回地窖。

「徒弟，徒弟呀，你上哪兒去啦？時候差不多啦，要施大法啦——」坑道裡傳出那奇異聲音。

「……」老人也不應答，緩緩在地窖一角佈置出一塊小法壇。

「徒弟，你身上怎這麼臭？你尿褲子啦？你病得這麼厲害？連說話的力氣都沒了？連脫褲子撒尿的力氣都沒了？」聲音拉高分貝問。

「師父……」老人喃喃回答：「我累了……」

「好，師父知道你病得重，辛苦你啦——」聲音用哄小孩的語氣說：「等你施完法，你身體裡的魂會得到幾十年道行，到時候你不病不痛，又能像以前一樣，成天替師父跑腿幹活啦！嘿嘿！」

「……」老人默默無言，褪去上衣，鋪在小法壇前墊著，緩緩跪下，拿起一柄尖刃，在自己胸腹上刻畫出一枚枚血字。

他沒喊一聲疼、每一筆每一劃都維持著相同的節奏，在整片左胸上刻出一道奇異符籙，那道符甚至延伸至他胳臂，他循著上臂一路劃至前臂，鮮血浸濕了他整條褲子。

「等等——」那聲音陡然自坑道中吼出。「蠢蛋！你寫錯字啦！你怎麼這麼笨、這麼不小心？你寫的這道符不是強魂法，是驅魂法！你會魂飛魄散呀——」

老人充耳未聞，繼續一刀一刀一刀，刻滿了整條前臂。

「喂！你聾了？你沒聽見我跟你說話？你寫錯符啦！」

「師父……」老人刀刃停在左手腕上，喃喃地說：「我很累了……」

「喂！蠢蛋，你做什麼？你、難道你……」

老人刀刃劃開了左腕動脈，鮮血嘩啦啦灑下——這刀，是陶罈教給老人那強魂法的最後一筆。

但陶鐔卻說老人寫錯符了。

老人似乎不覺得自己寫錯符，只說自己累了。

坑道裡，傳出一聲又一聲呼喊，時而威嚇怒吼、時而溫情喊話。

老人一動不動跪著，漸漸垂下了頭。

第一篇

銅錢罩

芙蘿

1. 銅錢罩

民初，一個晴朗的夏季午後，福建一帶的某座墳山上，一名年長的撿骨師——張土豆和兩個助手正在白家墳前開棺。而白家代表——鄭管家覺得晦氣，躲得遠遠的，只是伸長了脖子看。

棺蓋一揭，土塵滿天，異味濃重。三人朝棺槨內一看，皆是臉色大變，尤其是撿骨師。他臉色凝重地向鄭管家招招手，示意他過來看。

鄭管家取出手帕蒙鼻，有點不情願地走了過來，一看也是傻住了。

棺槨內躺著的女屍身形腫脹，穿著一襲鵝黃色華貴旗袍，裸露出的肌膚泛青，黑色筋脈不僅清晰可見且全部凸起，屍身雖惡臭但絲毫未腐。弔詭的是，它臉上戴著由硃砂紅繩串古銅錢、掩住口鼻的面罩！

鄭管家愣了一會才指著女屍，對張土豆說：「師公，這這……這是怎麼回事啊？怎麼下葬了十年，還沒……」

張土豆正要回答，突然聞到一股熟悉的氣息。

墳山腳下，一座三合院的後方，少年——張睿光正趴在樹枝上，向樹枝末端伸長了手臂。他晶亮的雙眼緊盯著鳥巢，打算趁麻雀不在時，偷一、兩顆蛋來玩玩。

就在他的手即將碰到鳥窩時，忽然背後「啾」的一聲，那對麻雀回來了，而且直接對準他的臉啄了過來！

「啊！」他一低頭閃過攻勢，差點沒摔下去。

他才穩住身子，那對麻雀又朝他撲翅而來。他雙手亂揮，將牠們暫時趕走，立即手腳並用地爬下樹。幸好頭頂上的麻雀並未再追著他，只是飛回鳥巢護蛋。

他拍拍襯衫，朝那對麻雀喊道：「小氣！」又嘆道，「唉，一個人在家無聊死了。」

鄉野間總是蟲鳴鳥叫，眼前的青山在盛夏時顯得更加油綠，張睿光靈機一動，心想：乾脆上山抓蟲吧！人家都說山上蟲肥，要是能抓到那麼幾隻大蛐蛐，開學後跟同學鬥蛐蛐，說不定能贏到好些彈珠呢！

他從灶房裡找出一壺空陶罐，急急忙忙往後山跑去。

他身穿短袖襯衫、時髦的吊帶格紋短褲，腳踩黑色小皮鞋，在純樸的鄉間顯得格格不入。路上幾位鄰人遠遠一看就知道他不是本地人，而像是城裡來的年輕富家子弟。

其中一位鄰人朝他喊道：「小伙子，你是哪裡來的啊？我看你眼生得很啊。」

張睿光有點不耐煩，但出於禮貌還是放慢步伐，回道：「我是師公的孫子。」

「師公？好鼻師嗎？」另一位鄰人問。

「是啊。」

「好久沒看到你，都長這麼大啦！」最先問他的那位鄰人樂道，「你們平常不是住城裡嗎？怎麼有空回來看阿公啊？」

「是啊、是啊，」張睿光越來越不耐煩，「現在放暑假，所以來阿公家玩。」

彼時清末民初，西學東漸，大城裡的富人多讓孩子去教會學校，這類學校除了按當地風俗放農曆年假以外，也循西洋放暑假。而鄉下舊制學堂則無暑假，因此鄰人們你看我、我看你，困惑地說：「暑假？那是什麼玩意？」

張睿光懶得解釋，只是加快腳步往後山跑。鄰人們一驚，連忙道：「你上哪去啊？師公家不在那啊！」

「我去山上抓蛐蛐！」張睿光頭也不回地說。

鄰人們一聽不得了，好幾個衝上來攔住他說：「別去啊！那是墳山，山上都是墓仔埔，常出怪事啊！你一個人上山多危險！要是撞鬼了，那可怎麼辦啊？」

張睿光暗罵鄉下人迷信，但還是客氣道：「我說笑的，我是要去找阿公。他在山上等我呢。」

「是嗎？」

「是啊。」

鄉下人老實，張睿光不過隨口一謅便信以爲眞。他們又看他捧著陶罐，便好奇道：「你那罐裡裝的是什麼啊？能不能讓我們瞧一眼？」

「那可不行！」張睿光將陶罐捧得更緊，煞有其事地說，「裡面是我阿公撿骨要用的法器，不能見光的。」

「這樣啊？」

「是啊，我得趕快上山了，阿公還在等我呢。」

「喔，那你快去吧。不過，要是沒見到你阿公，可得趕快下山啊。」鄰人們好心提醒他。

「好。」張睿光回以一個天眞無邪的笑容，鄰人們紛紛對他揮手。

他就這麼輕而易舉地騙過他們，繼續朝後山奔去。

好巧不巧，他到了山上，一隻蛐蛐都還沒找著，就先瞧見他阿公。他看他們一群人站在不遠處的一座墳前、圍著個大木箱、低著頭不知在看什麼，便一時興起，想偷偷繞到他們身後、嚇嚇他們。

他身子一矮，才邁開腿，張土豆便忽然抬頭、朝他的方向看來，道：「阿光？」

張睿光一驚，他們之間隔著層層樹叢，且阿公方才明明一直低著頭，不可能看到他啊。但隨即又想到阿公超乎常人的嗅覺，便猜測阿公可能聞到他的氣息，只好先按兵不動，希望阿公會以爲是自己聞錯。

張土豆沉著臉，又喊了一次：「阿光，出來！」語氣十分不悅。

張睿光怕他老人家生氣，只好慢慢站起來，尷尬地笑了笑，裝傻說：「咦阿公，怎麼是你啊？好巧喔，你怎麼也在這裡？你說我們是不是很有緣啊？」

張土豆怒道：「你在胡說些什麼？還不快下山！」

張睿光還想找蛐蛐，怎可能如此輕易就下山，便說：「我迷路了啊。誰叫你平時都不讓我上山，害我一上山就分不清東南西北，怎麼下山啊。」

助手阿權道：「唉，你沒事上山幹嘛啊？」

「實不相瞞，其實我……我想我阿公了！」張睿光理所當然地說，「阿公和你們撿骨那麼辛苦，所以我特別給你們送水來了。」他邊說邊高舉空空如也的陶罐。

另一個助手阿明感動地說：「好個孝順的孩子！你站在那別動，我去帶你過來。」

「謝謝明叔！」張睿光忙道謝。

張土豆一聽，急道：「帶他過來幹嘛？快帶他下山啊！」

阿明說：「那可不成，只有你和阿權，人手不夠。」

「可是——」

張土豆才剛開口，阿明便知道他要說什麼，立即道：「放心吧，土豆兒，現在光天化日的，能出什麼亂子？」

待阿明將張睿光帶到白家墳前，張土豆又對孫子劈頭唸道：「說過多少次了，不可上山！怎麼就是不聽話！怎麼不在家念書呢？要是出了事，我怎麼跟兒子、媳婦交代？」

張睿光一手摀住耳朵說：「知道了、知道了，我下次不敢了啦！別再碎碎念了，行不行？」

阿明打圓場說：「好啦、好啦，忙了一上午，先喝口水。」說完便示意張睿光把陶罐遞給張土豆。

張土豆一見那陶罐，雙眼瞪得老大，難以置信地指著陶罐對張睿光說：「你用這個裝水？你用這個裝水！這是你阿嬤生前吐痰用的！你洗過沒有？家裡是沒茶壺給你裝水，是不是？什麼不用，偏偏用痰罐！你怎麼不乾脆用尿壺！」

阿權和鄭管家一個皺眉、一個縮肩，都感到極為不適。

阿明攔住張土豆道：「好啦、好啦，土豆兒。這孩子也是一片孝心，你就別罵他了。」

他邊說邊拿過陶罐，卻發現罐子很輕，他瞥了一眼，疑道：「裡頭怎麼沒水？」

張睿光裝出可憐兮兮的樣子說：「那個，我剛才上山時被石子絆倒了，水都灑出來了。」他邊說邊搓揉著膝蓋。

張土豆看出張睿光是裝的，知道他肯定打從一開始就沒裝水，一時氣得說不出話來：「你……」

老實的阿明還關心道：「沒事吧？沒摔傷吧？」

鄭管家輕咳一聲，提醒眾人尚有要事。

張土豆疾言厲色地對張睿光說：「你給我站在旁邊，不准亂跑！回去再收拾你！」接著深呼吸、按下怒氣，對鄭管家正色道，「我直說吧，這銅錢罩甚是罕見。死者面戴銅錢罩，下葬前多半已有屍變之兆。如今十年未腐，恐怕已成殭了。」

一旁的阿明和阿權聞言，互看了一眼，都有些不安。

然而張睿光自小就在美國教會學校受洋化教育，除了上帝以外什麼牛鬼蛇神都不信，更是從未聽聞「殭屍」一詞。聽阿公這麼說，心中還道：薑？什麼薑？人死後還能化薑？這樣算是生薑還是老薑？

他越想越好奇，便想湊上前偷看個兩眼。

鄭管家眼神游移了一會，似是知道些什麼。他向張土豆抱拳道：「那請問師公，該如何是好？」

「就地燒屍，以免夜長夢多、橫生枝節。」

張土豆說完就要吩咐阿明、阿權生火，鄭管家急道：「那可不行！天乾物燥的，要是釀成山火怎麼辦？」

阿明說：「鄭管家請放心，我和阿權都很有經驗，絕不會引發山火的。」

鄭管家堅持道：「不妥、不妥，我看還是先封棺、再來想想別的方法吧？反正不是還有銅錢罩嗎？」

張土豆不同意，說：「恕我直言，你是只知其一，不知其二啊。這銅錢已在棺槨中十年，陽氣應該已全散，如今仍能鎮殭的恐怕只剩罩上的硃砂繩了。要是繩斷或硃砂沒了，殭屍便會立即甦醒。到時要是殃及村民，那該如何是好？」

鄭管家又說：「你開口閉口都是殭屍，那我請問你，有誰親眼見過殭屍啊？沒有吧。你也不過是聽說罷了。依我看，這人死不腐，也只是不腐罷了，未必就能害人。我看坊間殭屍傳聞，恐怕是言過其實。」

張土豆急道：「我們雖從未親眼見過，但許多典籍都有記載……」

他說著說著，阿明和阿權也上前幫腔。張睿光趁四個大人爭執之際，偷偷爬近棺槨，想看個仔細。雖已開棺有段時間了，但還是有股惡臭，張睿光捏住了鼻子，湊到棺槨一角。

富貴人家的棺槨多為二層以上的套棺，白家的也不例外，外槨高度足足有張睿光的腰部這麼高。他抬頭伸長脖子朝內一看，裡頭躺著一具女屍，周圍除了厚厚一卷一卷、五顏六色的紙錢外，還有由黃金、白銀、珍珠、碧玉鑲嵌而成的各種首飾，以及老菸桿、菸袋……等死者生前的用品。

張睿光膽大出奇，見了屍體一點也不怕，反倒有些失落地想：薑呢？不是說人死化薑嗎？怎麼還好好躺在那？

就在這個時候，蹲在女屍右腳邊的他，發現屍體雙腿間是微微攏起的，好像有什麼東西藏在旗袍下襬。他眼睛一亮，好奇地將手伸向旗袍下襬。正要揭開時，突然「叩」的一聲，他的頭被人狠敲了一下！

「死小孩，掀人裙底！」張土豆邊罵邊揪著張睿光的後領，將他拉開。他另一手往後一拉、作勢要揍張睿光，阿明和阿權連忙抓住張土豆雙臂。

阿明勸說：「別打、別打！土豆兄，孩子還小、不懂事，別動手啦。跟他好好說就好啦。」

張睿光吃痛，邊揉頭邊點頭附和：「就是說啊！幹嘛動手動腳！要是被學校的先生知道了，一定會說你，有、辱、斯、文！」

張土豆更氣了，罵道：「你還說！」他對阿明、阿權說，「你們看看他！都十四歲了，還這副德性！我看他就是被寵壞了、欠教訓！」

他正要抬腳踹張睿光，就被阿明和阿權架走。他兩腳騰空亂踹，氣喊：「放開我、放開我！」

突然間，「磅」的一聲，萬里無雲的烈日之下，打下一道旱雷，震得人心裡發慌！緊接著風雲湧動、烏雲蔽日，瞬間下起傾盆大雨。眨眼間，白家墳前的五人就變成落湯雞。

「啊，怎麼突然就下起大雨了？」鄭管家以雙手遮頭，原地轉了一圈，「趕緊的，帶我去躲雨！」

阿明對張土豆說：「土豆兄，我看這雨一時半刻停不了，我們還是先下山、雨停再來吧？孩子淋了雨，萬一著涼怎麼辦？」

張土豆看向棺槨，臉色凝重地說：「如今無法生火，也只能如此。」他嘆了一口氣，便吩咐阿明和阿權兩人先蓋上棺蓋，便領眾人下山避雨。

雷聲轟隆之中，一道閃電劃過天空、照亮白家墳前的剎那，棺蓋霍然一震、從旁滑落。

微光之中，女屍旗袍下襬似乎有東西在蠕動，同時女屍口鼻上的銅錢罩轉眼就被暴雨打濕，硃砂的絳紅色被洗褪，繩子也隨即裂解。

2. 大破之日

墳山另一頭，兩個年方二十的男子站在一棵大樹下，賣力地揮著鐵鍬，將跟前土坑中爲數不少的古董給掩埋。坑一填平，汗流浹背的兩人隨手丟下鐵鍬，跌坐在地上休息。

小廖用鐵鍬尖在樹幹上刻了個記號，對小李說：「行了，等幾個月、風聲過後，咱們再來取。」

「行。」小李點點頭，「先下山吃點東西吧？」

「天黑再說。要是被人看見了，可不太好。」

「看見就看見，這鄉下地方，誰認得咱們？」

「要是剛好撞見警察，怎麼辦？」

「不會吧，這裡離鎮上那麼遠，警察沒事怎會過來？快走吧，小廖，我太餓了。」

天色突然一暗，下起大雷雨，小廖說：「不好，快下山！」

「爲何？在這樹下躲雨正好。」

「樹會引雷！咱們偷遍省城，你不怕被雷劈，我怕啊。」小廖說完便轉身往山下跑。

「小廖，等等我！」小李也立即追上。

兩人跑到一半，看到一座墳前停著一口棺材。膽大的小李見棺蓋未闔，便上前察看。

裡頭無屍，雨水已淹到小腿肚高，將紙錢都泡爛了。小李看到水中各色珠寶，眼睛都發直了，喜道：「眞是天上掉下來的餡餅，不撿白不撿！」

他對小李招招手，兩人見獵心喜，一同將棺內陪葬品搜刮一空，連散落的古幣也不放過。小廖素來比小李謹慎許多，但他也被這筆橫財沖昏了頭，沒去細想棺內爲何無屍卻有雙黑色的高跟鞋。

山道光線微弱，又天雨路滑，兩人跑離墳塚不過數步，小廖感覺好像踩到了什麼，腳一滑便撲倒在地，懷中冥器撒落一地。他低頭一看，褲子被磨破，褲裡的膝蓋也破了皮。雖傷口不深，但還是滲出了血。

小廖暗罵一聲，回頭看地上，是一團濕滑黏稠的暗色物，連著一截腸子似的發黑軟管。那東西散發著濃重的腥臭，像是一塊腐敗的生肉或內臟。

小廖傷口滲出的熱血隨著雨水流下，遠處倏地傳來「哇哇」的嬰兒啼哭聲。那哭聲又尖又厲，穿透滂沱大雨，在這墳山中顯得特別嚇人，即便是素來大膽的小李，也感到毛骨悚然。

他問小廖：「此處怎會有嬰兒哭聲？」

小廖也不明白，但隱隱覺得不對勁，回道：「快走，此地不宜久留。我看咱們今晚在山下過夜吧。」

兩人趕忙撿起陪葬物，互相攙扶、冒雨下山。

不遠處的密林裡，一隻異常乾癟的松鼠霍然墜落在一雙黑筋暴起、青灰色的赤腳旁，一動也不動。松鼠屍被吸乾了血，小小的身軀成了皮包骨，雙眼暴凸圓睜，彷彿死前承受極大的恐懼或痛苦。

天上鉛雲滾滾、悶雷轟隆，大雨之中，已成殭的女屍披頭散髮，嘴邊都是松鼠的血沫。它的牙齦後縮，顯得犬齒更長更尖利。鮮血給了它力量，閉闔了十年的雙眼總算再次睜開。然而雙瞳卻是混濁不清，眼前的林間模糊成一團，它幾乎不能視物。不過殭屍就如同鯊鮫般，對血腥味極爲靈敏，隔著數十丈都能聞到。其次才是陽氣。單憑這敏銳的嗅覺，便足以讓它發現獵物。

它不僅沒有生前的記憶，連最基本的理智和意識都沒有。有的只是最原始、最純粹的本能，如「飽腹」。它吸食完松鼠的血後，仍感到意猶未盡，便想再抓隻活物。

草叢中的青蛇彷彿害怕被這恐怖的邪物發現，正慢慢地向自己的蛇窩爬行。但還是難逃女殭的鼻子，它很快就嗅到牠了。它一腳踩住蛇身，正要彎腰去撿，背卻僵硬如木、彎不下去。

說時遲那時快，被它踩住的青蛇正扭身朝它的腳咬去時，一道影子如閃電般閃過，青蛇頓時被扯成兩段。一個渾身赤裸、毫無血色卻有一雙赤目的嬰孩抓起帶頭那半就吸，眨眼就將牠吸成蛇乾。當它吸完另一半時，不僅血色的雙瞳變得更鮮豔，上、下四顆犬齒還如雨後春筍般冒出來。

女殭不知自己姓名，甚至不知自己是誰，卻清楚知道這個嬰孩是它的親生骨肉。於它而言，孩子便是這世間最重要的存在。

眼前一片模糊，母殭仍能真切地感受到子殭的一舉一動。雖然子殭從它眼前搶走了它的食物，但它沒有絲毫怨氣，只是靜靜地立在原地，讓子殭先吃。「舐犢」之情是天性，即便這個母親如今已死，它對孩子的愛卻不會因此減少一分。

子殭在吸乾蛇血後，與母殭一樣有種無法被滿足的感覺。它出於本能，張開雙臂抱住母殭的腿，以頭摩蹭，撒嬌地發出聲音：「麼……麼……」

母殭一顫，說不出的感動突然湧上心頭，幾乎令它流淚。同時兩殭心有靈犀，知道彼此都因飢餓所苦。

但林中的飛禽走獸彷彿避之唯恐不及，紛紛都躲遠了。再加上大雨沖散了陽氣，它們一時找不到其他獵物。突然間，母、子殭同時聞到了一股不同於林間走獸的血腥味！

此時小李與摔傷的小廖距離兩殭不過數丈，大雨雖可掩蓋聲響、人氣，卻無法掩蓋血腥味。

子殭本就飢餓，現在又被這股陌生的血味誘得嘴饞。而母殭也在剎那間明白這種「不滿足」是什麼了，它們不是沒吸飽血，而是需要人血。活人的血。

然而，母殭才朝血腥味的源頭走沒幾步，便被荊棘叢給困住。它的旗袍下襬被數根棘刺勾住，一時無法掙脫。

「麼、麼……」子殭不明就裡，一靠近母殭，也被困在荊棘叢裡，開始啼哭了起來，「哇、哇——」

母殭的心彷彿被猝然揪緊，不懂爲何孩子哭，自己會這般難受。

必須趕快給孩子吸人血！

這股強烈的衝動迫使它不停往小李、小廖的方向撲抓。

那鮮血來源近在咫尺，母子皆被誘得齜牙咧嘴，卻無法上前大快朵頤，發狂地在原地掙扎、咆嘯！

張土豆領著一行人冒雨下山，回到自家三合院後，便叫張睿光先去更衣，又拿了幾件乾淨衣服給鄭管家和兩助手換上，以免著涼。

五人各自換好衣服後，張土豆吩咐張睿光去泡茶，又吩咐兩助手將濕衣晾在過水間，並起炭爐將衣服烤乾。阿權和阿明跟著張土豆多年，又常借宿，故對三合院也是熟門熟路，很快便將他交代的事辦好。

張睿光端著茶回到正廳，又被張土豆趕去過水間顧火，以免不小心燒到衣服。待他離開，張土豆便開始說正事。

「鄭管家，依我看這屍體蹊蹺得很，待會雨勢一小，我們就得立即上山將它燒掉。」

鄭管家為難道：「一定得燒掉嗎，師公？就沒有別的辦法讓屍身化掉？」

張土豆答道：「尋常情況，撿骨若遇未腐的『蔭屍』，可採『遷』、『水』、『剔』、『焚』、『化』五法。但屍身已成殭時，便只能採『焚』和『化』，這兩法也是最便捷的。」

鄭官家說：「噢？『焚』指的就是你在山上時說的火燒，對吧？那『化』是怎麼化法？」

「在棺內撒石灰和水後蓋棺，兩炷香的時間一到，便可開棺撿骨。不過這法腐蝕力甚強，有可能導致屍骨無存。」

「啊！這樣啊！」鄭管家想了一下又說，「那麼開棺時，棺裡還會有水嗎？」

「以『化』法產生的屍水非『棺材水』，絕不可飲用。」

「這……那『化』法還不如『焚』法。」鄭管家嘆了一口氣，「此事事關重大，我也做不了主。今日暫且不動，待我回白家問清楚，再說吧。」

「不可！」張土豆再三強調，「今日開棺，殭屍已嗅了陽氣便非同小可，要是再遇雷，便隨時可能甦醒，因此須得今日解決。」說完也不管鄭管家是否答應，便和兩助手起身去右護龍的柴房準備生火工具。

雨勢轉小後，阿公趕在日落前，領著鄭管家與兩助手再次上山。然而，待四人回到白家墳前時，棺內竟只剩一雙鞋與泡爛的紙錢！

「完了！竟然遭賊了！」鄭管家焦急地來回踱步，「這下我怎麼向白家上下交代啊？」

張土豆疑道：「只是遭賊嗎？賊人爲何要盜屍？」接著擔憂地說，「要是殭屍遇雷而醒，那就糟了。」

鄭先生道：「沒那麼巧吧？整座山頭這麼大，偏偏劈中白家墳？不可能吧！」

阿權語帶責怪：「要是方才在雷雨前把屍體就地燒了，現在什麼事都沒了。」

阿明也埋怨：「唉，年輕人就是不信邪。」

鄭管家不耐煩地說：「呸，你們有完沒完！天底下哪有殭屍！還不快去報警？」

張土豆派阿明去鎮上警察分所通報，又和阿權、鄭管家在白家墳塚附近看了一圈，一無所獲。山裡天黑得快，三人才點著火把，天便再次下起大雨，瞬間就將火把打滅，他們只好趕緊下山。

張土豆再次帶阿權和鄭管家回三合院，等阿明帶警察回來。但這鄉下地方離鎮上頗遠，阿明過了許久才搭著鄰人的牛車回到村裡。

鄭管家一看到阿明，立即上前詢問：「警察呢？怎麼就你一個人？」

阿明一臉歉然道：「我到鎮上時已入夜，分駐所的警察說，明早才會派人來……」

此時外頭仍下著雨，白家又住縣城，張土豆便邀鄭管家和兩助手留下來吃飯、過夜，明早待警察來，再一同上山。

鄭管家灰頭土臉道：「多謝好意，但我此刻實在吃不下飯……」他邊往大門走邊說，「我們當家的還在等我，我先回去了，明早再過來。」

3. 子母凶

張家燒好菜時，雨也停了。連著灶房的飯廳尙且熱氣滾滾，因此張土豆決定在曬穀場用餐。

四人在戶外插上幾枝火把、搬好桌椅、飯菜後，依序入座。張土豆正要喊「開飯」，就被張睿光打斷：「等等！」

他一手牽阿公、一手牽阿明，閉上雙眼，虔誠地禱告：「天父啊，感謝您賜予我們食物，求您也賜福我阿公和權叔、明叔，助他們早日擺脫迷信思想，並使他們有天能像我一樣，成爲光明磊落、文武雙全、無可挑剔的男子漢。奉耶穌之名，阿門。」

接著他鬆開兩人的手，睜開雙眼說：「開飯！」說完便率先夾起菜送入口中。

阿權和阿明都傻眼了，阿明看了看自己的手，問張土豆：「這是怎麼回事啊？」

張土豆無奈地說：「阿光在城裡的『美什麼的』教會學校念書，還信了洋教，晚飯前都得禱告。」

張睿光糾正說：「是『美利堅合眾國』，稱『美國』也是可以的。」

阿權說：「美國？沒聽說過。洋人眞麻煩，吃個飯還得祈禱。」

此時晚風一來，額外涼爽。張土豆仰頭一看，天上無雲，月亮卻朦朧不清，不禁皺起眉頭。

阿權見張土豆表情有異，也跟著抬頭看天，道：「毛月亮！今日果眞不吉利啊！」

阿明嘆道：「白家什麼時候不來，偏偏今日來找！現在屍首又不見了，眞是……唉！」

張睿光不以爲然地說：「哼，依我看啊，毛月亮不過是自然現象罷了。不過是毛月亮就令你們這般大驚小怪，要是瞧見了月蝕，還不張羅打鼓地喊『天狗吃月』？不過，話說回來，既然是忌諱，那阿公不撿骨便是，爲何要理白家呢？」

張土豆口氣無奈地說：「要不是我以前欠白家人情，也決不會在至陰的『大破之日』開棺撿骨。」說到一半，他夾了一塊肉給張睿光，囑咐他，「你今晚早點睡，天亮前不准出房門一步。」

「那可不行，我不出房門怎麼上茅房？」

「用尿壺。」三個大人齊聲道。接著張土豆又說，「你水喝少一點不就行了嗎！」

阿明想起一事，便問：「土豆兄，鄭先生說的『棺材水』是指土葬七年以上，由屍身化成無色無味的清水，對不對？它眞如傳說那樣能治百病？」

張睿光聽到快吐了，皺眉說：「太噁心了，居然有人喝棺材水！喝了肯定跑茅房的！」

張土豆瞪了張睿光一眼，說：「小孩有耳無嘴，安靜吃你的飯。」又回阿明說，「典籍上的確是有『棺材水治百病』的紀載。不過棺材水極少見，我撿骨三、四十載，見過它的次數十隻手指頭數得出來。往往當場就被喪家代表飲盡，事後未曾聽聞其有害或有助於治病。故此類傳言不可盡信。」

阿明點點頭，又問張土豆：「我隨你撿骨多年，也曾見過屍身未腐。但這『銅錢罩鎮屍』卻是第一次見。土豆兄，爲何這屍體會『屍變』呢？」

阿權也問：「我聽說是死者死不瞑目或是死前有口氣未吐出來，便會屍變。不知是眞是假？」

張土豆搖頭說：「『屍變』比『棺材水』更罕見。要斷氣的時辰恰巧與死者的命格相沖，也就是『大凶』，才會屍變。」

兩助手點頭道：「原來如此。」

張睿光翻了一圈白眼，心裡暗罵三人迷信。

阿權接著問：「我聽說殭屍刀槍不入、力大無窮、行走如飛。這該不會也是眞的吧？」

張土豆說：「確實有此一說。不過殭屍也有弱點，它的四肢雖可如在世時擺動，但整條脊椎骨卻特別僵硬，無法轉頭也無法彎腰。」

阿明說：「我也聽說它聞得到人氣！所以躲起來也沒用。」

張土豆點頭道：「確切來說是陽氣，它能嗅到任何有氣息的活物，但要在它附近，它才聞得到。要是有干擾也不行，像下午的大雨便會遮蔽陽氣。不過血腥味就不同了，殭屍對血腥味極爲敏銳，尤其是活人血，再遠都聞得到。」

阿明驚道：「殭屍如此厲害，若遇上了，豈不插翅難飛？」

張土豆說：「那倒未必。殭屍性蠢，無知無識，聽覺比生人差，還幾乎不能視物，因此未必就能捉得到人。」他話鋒一轉，「不過『子母凶』就另當別論了。」

三人齊道：「什麼玩意？」

「即將臨盆或是難產的婦女要是橫死且出現屍變之兆，即便有銅錢罩鎭屍，仍可能在棺中產下子殭。兩殭要是遇陽氣、遇雷，便可能同時甦醒，成『子母凶』。」

「哎唷，聽起來怪邪門的！」阿明渾身起雞皮疙瘩，趕緊喝口熱湯壓壓驚。

張睿光不信這些，只覺得好玩，便催促著張土豆：「然後呢，阿公？快接著說啊！」

張土豆說：「你小子膽子倒挺肥！」又夾了一塊肉給他，才繼續說，「『子母凶』的母殭因怨氣深，殺性更強。子殭會爬會跳，速度快、更靈活。不僅能視物，還更嗜血。此外，兩殭能相互感應，傷害其中一隻都會激怒另一隻，因而變得更狂暴。」

阿權追問：「那要怎麼對付它們？可有制殭手段？」

「當然有！要是我父親還在世，區區子母凶何足掛齒？只可惜……」張土豆突然低下頭，重重嘆了一口氣，「我們祖上師承龍虎山天師派，歷代皆為火居道士，只可惜張家一脈傳到我這代便衰微了。不僅無慧根、無根骨，無法畫符、佈陣、降妖除魔，連陰陽眼也沒有，只剩下嗅覺，一生頂多當個撿骨師。兒孫更是不用提了，天資全無，唉……」

張睿光不耐煩地說：「說完了沒有？你說了這麼多，一種手段都講不出來。你是不是根本不會啊？」

阿明說：「土豆兄，這尋常人也總有尋常做法吧？」

張土豆又瞪了孫子一眼，才回答阿明：「尋常做法自然是有的，但能不能成，還得看運氣。按理來說，殭屍懼天光、火、硃砂和沾染陽氣的金屬，尋常人只要憑藉這幾樣東西，便能與它一鬥。不過要是遇到子母凶，還是能躲就躲、能閃就閃。耗到雞鳴時，它們便會因畏天光而逃。一旦天光乍現，它便呈冬眠狀，直到入夜。」

提到硃砂，張土豆遞給張睿光一條帶流蘇的紅繩，說：「昨夜給你編的硃砂繩，你戴在手上可保平安。」

這傳統編繩之美，張睿光可欣賞不來。他雖接了過來，卻一臉嫌棄地說：「這也太醜了吧！繩子編得比我拇指還粗！還有，這流蘇不是女孩子的玩意嗎？」

張土豆氣道：「少廢話！不要拉倒。」

阿明勸張睿光說：「快快戴上吧，你阿公編一晚上才編成的。」

張睿光嫌硃砂繩俗氣，只將它塞進褲子口袋，便繼續吃飯。

阿權言歸正傳：「依我看啊，這女屍恐怕是遇雷甦醒、離開後，棺內的陪葬物才被賊人偷走。」

阿明同意說：「有道理，否則賊人沒事偷屍體做什麼。」

阿權又補充說：「而且女屍和賊人兩方正好錯過，否則賊人應會遇害，而我們在雨後回白家墳塚時，應該也會看到賊人的屍體。」

張睿光搖頭說：「權叔的假設都在『殭屍傳聞爲眞』的前提之下。我們學校的先生說過：『盡信書不如無書。』好比那棺材水治百病的傳言，說不定殭屍傳言也是古人誇大其辭。我覺得鄭先生說得對，殭屍只是不腐，不見得就會暴起傷人。」

阿明豎起大拇指，誇讚道：「阿光眞有學問，說得頭頭是道。土豆兄啊，你孫子將來長大肯定有出息！」

張睿光理所當然道：「那肯定的啊！我是曠世奇才嘛，就算沒青史留名，那也得名揚四海才行！」

「臭屁！」張土豆嘴上雖這麼說，但臉上自豪的表情卻怎麼也掩飾不住。

權叔問他：「土豆兄，你怎麼看屍首失蹤一事？」

張土豆語帶保留道：「我從未親眼見過殭屍，但你也知道我們撿骨的常會遇到怪事，所以也不好下定論。好了好了，盡談這些，飯菜都變味了。」

四個男人一靜下來專心吃飯，很快就將一桌飯菜吃得一點不剩。收拾餐桌時，張土豆看兩助手好似還有話想說，便以洗碗爲由將張睿光支開。

張睿光一進灶房，兩個助手立即簇擁而上。阿權忙問：「土豆兄，我剛才就想問，這『銅錢罩』到底是什麼名堂？怎麼就那麼厲害、能鎭屍啊？」

阿權的聲音透過窗子傳進灶房裡。張睿光聽到他們提到銅錢罩，一時好奇，便刻意放輕洗碗的動作，側耳傾聽。

張土豆說：「喔，原來是要問銅錢罩啊。我還以爲你們要問的是什麼不得了的事呢。其實這銅錢罩讓阿光知道了也無所謂。銅錢罩是道家專門用來鎭屍變的。人死後若有不腐、生毛等屍變或詐屍跡象，便可以硃砂繩串十帝錢，掩住口鼻，火速下葬。屍身過一甲子便會徹底腐化。」

「好像聽你提過十帝錢。」阿權不太肯定地說，「若我沒記錯的話，十帝錢是鎮煞法寶。應是『大五帝錢』和『小五帝錢』的合稱吧？」

「沒錯。較常見的小五帝錢，即順治、康熙、雍正、乾隆、嘉慶，清朝盛世五帝時的『通寶』。大五帝錢則是即秦始皇、漢武帝、唐太宗、宋太祖、明成祖，五朝五帝時流通的銅錢。」

阿明問：「這大清都亡了，哪還有皇帝。你們說的這些『帝錢』應該都是指古錢吧？」他從口袋中掏出一枚當時流通的銀元，「用『袁大頭』（注1）行嗎，土豆兄？」

張土豆說：「也不是不行，但普通銀元只能維持幾天陽氣，十帝錢則可維持數月、數年不等，且在陽氣散逸或染上陰氣後，不論隔多少年都可藉由日照再生陽氣。」

阿權拜託張土豆說：「能不能說得仔細點？大、小五帝錢功效相同嗎？」

注1：「袁頭幣」俗稱「袁大頭」，為民初（民國三年至五年）短暫全國流通的銀元。另外，民國以後的「銀元」或「銀幣」並非真的是銀製，僅外觀顏色似銀，與清朝的「銀子」或「碎銀」完全不同。

張土豆耐心解釋道：「小五帝錢只能透過日照再生兩次，每次只能維持數月。大五帝錢只要簡單過火即可恢復，且能再生三次，每次還能維持數年以上。白家用的銅錢罩非同小可，用的是「大五帝錢」中，陽氣最盛的「開元通寶」。其錢幣材質、鑄造精良，流通時久，得「天、地、人」之氣，鎮煞、制殭之效長達十年。因此，十帝錢在古玩市場中一直是熱門收藏品。只可惜近年西學東漸，年輕一輩皆不知其珍貴。不過，話說回來，棺中的開元通寶已陪葬十年，陽氣應已殆盡，暫時無法再制殭。」

說到一個段落，天空又下起雨。

張土豆趁雨變大前，直接帶兩助手跑進左護龍。一推開門入內，便是一間擺設樸素的偏廳，兩側的房間是客房，兩助手常在這兩間過夜。

張土豆對他們說：「行了，忙了一整天，你們肯定都累了。我這地方，你們也熟，我就不多說了。沒事，早點休息。」

他說完便冒著雨跑到正廳門外，打起紙傘，再跑到右護龍的灶房接張睿光回堂屋，早早將他趕回房休息。

張睿光看了看懷錶，不滿道：「才八點！我哪睡得著？」

「那麼你就看書吧。」張土豆用火柴點燃門邊陶盆裡驅蚊的乾艾草。

「才不要！那我寧願睡覺！」張睿光伸展四肢成大字，往後倒在床上。

張土豆走到窗前檢查了一下紗窗，確定關好後，又叮嚀他：「睡前記得把蚊帳放下來。」

「知道啦。」張睿光對他揮揮手，要他離開。

張土豆唸了他一句：「沒大沒小。」才關門回自己房間。

4. 餓得慌

小廖和小李午後下山時，便已偷了附近人家的包子充飢，並闖進廢棄空屋躲雨。誰知到了半夜，小李又肚子餓了，而且咕嚕咕嚕地叫，把小廖也吵醒。兩人索性將陪葬物帶走，一同再去別戶人家偷點吃的。

鄉下地方不如上海十里洋場那般繁華、那般燈火通明，村民習慣日出而作、日落而息，入夜後便早早熄燈歇息。

午夜過後，雖然雨勢轉小，但夜空流雲蔽月，村裡一片漆黑。兩人來到張家附近，將火把滅了，改以火光較小的火摺子照路。細雨之中，他們沿著張家院牆打轉了一圈，看準了灶房位置，才躡手躡腳地闖進院子。一進灶房便隨手將身上沉甸甸的陪葬物擱在灶台邊，開始找食物。

小廖餘光倏地瞥見有東西閃過腳邊，他嚇得跳起來，本已止血的膝蓋傷口又開裂了。他倒抽一口涼氣，轉頭看清是隻老鼠，低聲咒罵了幾聲，才低頭將包紮傷口的碎布拉得更緊。

原本他們還以爲至少能找到些肉乾或光餅，沒想到翻找了一圈灶房和飯廳，只有一罐菜脯能直接吃。

小李吃了幾條菜脯後，不僅鹹得口渴，肚子也更餓了。兩人正打算去附近其他戶人家找東西吃時，院內忽傳來一陣輕微聲響。

「沙沙沙——」

小廖立即對小李低聲說：「不好！有人來了，先躲起來！」

他見牆上掛著一排瀝乾的廚具，便上前取下一把切肉刀防身，躲到灶台旁的大水缸後，把火摺子吹熄。

小李環顧一圈，還來不及躲起來，室內便爲之一黑，只好三步併兩步蹲到牆角。幸而方才那些流雲已散，月光透過門窗灑了進來，兩人在雙眼適應光線後，便能看出事物的大概輪廓。

「沙沙沙——」

一道長影出現在門邊，小李內心不免有些緊張，雙手不自覺地握緊。

「沙沙沙——」一個嬰孩四肢並用地從門外跨過門檻進到灶房，東看西看，似乎在尋找什麼。

眼前這一幕實在是太滑稽了，小李差點笑了出來。他一轉頭就看到背後的小廖從水缸上探頭出來，似乎也看到地上的嬰孩。

小李正要糗小廖小題大作時，小廖忽然雙眼圓睜、向他身後指了指，馬上又將頭縮回去。

小李心中疑問：怎麼了嗎？沒聽到別的聲音啊。

他頭一轉回去，赫然發現地上的影子變成了兩道，嬰孩身後出現一個身形擁腫的長髮女人！也不知道是什麼時候進來的。

她既沒有被小李給嚇著，也沒有彎腰抱起小孩，只是這麼靜靜地站在門邊，毫無反應，靜得詭異。

小李不解地想：雖然我是蹲著的，但灶房就這麼丁點大，沒道理沒看見我啊。難道是夢遊嗎？好古怪啊。

就在這個時候，地上嬰孩猛然撲向小李！

小李做夢也沒想到此嬰孩有一身怪力，一跳便有三步遠，令他措手不及！

就在嬰孩的雙手碰觸到他臉的剎那，他下意識抬臂將嬰孩打飛。嬰孩落地的剎那，他感到臉上熱辣辣地疼，手一碰居然是濕的。他的臉被嬰孩抓流血了！

嬰孩舔舐著指甲，又朝小李深吸了一口氣後，飢腸轆轆地朝他裂開嘴，露出白森森的犬齒。

小李意識到嬰孩指甲和牙齒異常尖利的那一刻，也聞到了一股惡臭。那股臭味似曾相似，但他一時想不起來在哪裡聞過。

「怪胎！」他氣急攻心，衝過去拿起牆上的菜刀，對準嬰孩就劈。

那嬰孩見了刀也不知怕，只朝小李齜牙咧嘴。

刀一落下，小李就後悔了，他和小廖雖是賊，但過往從未害人性命，現在要對一個連路都還不會走的嬰孩下手，他實在狠不下心。

他雖立即收勢，但嬰孩的額頭已經被劃開了。然而，傷口處卻連一滴血都沒流下。

小李指著他，驚道：「你……你到底是什麼……」

小廖也愣住了，暗暗稱奇：這娃兒怎麼不會流血？

嬰孩忽朝小李怪叫一聲，張嘴就將他右手食指咬下！

熱血從食指斷口噴了出來，小李發出一聲慘叫，抬手就朝嬰孩揮刀，嬰孩迅速往後跳開，發出「麼麼」、「麻麻」的聲音，似在求援。

一旁躲在暗處探頭探腦的小廖，將一切看在眼裡。嬰孩淒厲刺耳的怪叫令他想到山道上那團害他絆倒的黑肉。

那散發惡臭的肉塊，該不會就是女人家說的胎盤吧？

原本如陶像般立在門邊一動也不動的女人，正是白家母殭。

這個慈母原先感受到孩子正在獨自狩獵、覓食而感到驕傲、欣慰，現在一聽到孩子在呼喚自己，如夢初醒般突然朝小李飛奔而來，抓住他雙肩、張嘴就朝他脖子咬去！

小李被她撞到灶台邊，連忙穩住身子，一手死命抵住她的下巴，一手舉刀朝女人又刺又砍，但她的身子堅硬如磐石，不論他怎麼使勁，刀都刺不進去，也完全傷不了她！

小李嚇壞了，發瘋似地大叫一聲，雙臂使盡全力將女人推開時，嬰孩又朝他撲來。他抬腳將嬰孩踹開，女人又伸長了十指朝他抓來。小李右手反手一擋，隨即一陣刺痛，凝神一看，他的中指和無名指竟被女人指甲削斷了！

小廖看得發怵，心想：這肥婆娘怎會有如此大的氣力？指甲又怎麼會又長又尖、堅硬如鐵？而且爲何連刀都傷不了她？難道她練了江湖人稱的神功「鐵布衫」，刀槍不入？

小李嚇壞了，慘叫道：「啊——救我啊，小廖！」三指的斷口汩汩流著熱血，他痛得快要暈厥。

小廖一驚，身軀一震，懷中布袋裡裝的古銅錢竟全都掉了出來，落在地上叮噹作響！

女人和嬰孩立即轉頭看向水缸，女人一躍就落到水缸前，反手就將它打翻，水登時灑了一地。

原本躲在水缸後的小廖倒抽了一口氣，與女人對看一眼，隨手從口袋抓一把袁大頭朝她面門砸去！

女人像是被燙到似地低吼一聲，向後躍開！

小廖抓了小李，就往外跑。此時對面的廂房陡然亮起燭光，小廖趕緊高喊：「救、救命啊！快開門啊！」

阿權半夜睡得正香，卻被屋外的動靜給吵醒。他聽那聲音來自對面灶房、飯廳，只當是土豆兄或阿光肚子餓、起來吃宵夜。他想接著睡，又想到晚飯時的毛月亮，心中開始有些不安，便起身穿過偏廳，去另一房叫阿明起來陪他一同去看看。

阿明才起身、點了蠟燭，便聽到屋外有人喊救命。他有些起床氣，不耐煩道：「三更半夜的，叫什麼叫？見鬼啦？」

他和阿權快步到偏廳，一開門就看見兩個陌生男人朝他們邊跑邊喊：「救命啊！有妖怪！」說完便衝進偏廳、與他們擦身而過。

他們看兩人眼生，但當下並未多想，只當這兩人是路過此地的外地人，半夜不知何故跑到此處。接著就看到有個長髮女人從對面護龍的灶房裡跳出來。

那女人身穿旗袍，下襬不知為何十分破碎，露出又青又腫、黑筋暴起的赤腳。

她移動的速度極快，一晃眼便已來到曬穀場中央。慘白的月光之下，女人全身髒污，但阿權、阿明還是立即從她的身型和旗袍樣式認出其身分。

阿明愣了一下，輕聲道：「那不是白家的……」

阿權馬上關門，回道：「是那殭屍，它醒來了！」

兩人還沒來得及插入上、下兩條門栓，女殭便已撞進來！

那股腐臭味臭得令人作嘔，四人馬上向後跳開、四散。阿權提醒大家：「它會逐人氣，快閉氣！」說完自己也忍著吐意吸了一大口氣憋住。

女殭先是以掌作爪，攻向就近的阿權，但馬上就被阿權的燭火給逼退。它轉而攻向站在牆角的小廖，對面的小李立即高喊：「蹲下！」說完便忍著痛楚，將偏廳中央的圓桌猛推向女殭，將它抵在牆角。

蹲下的小廖藉著桌面掩護，迅速逃到小李那。兩人一閉氣，女殭一拍桌子就「啪」的一聲裂成兩半！

然而，女殭還是立即轉身面向兩人，只不過因爲它無法彎腰，所以暫時看不到他們。

他們不知女殭是被身上的血腥味吸引，還以爲阿權說的什麼「殭屍」、「逐人氣」都是耍他們的，登時恨得牙癢癢。小廖一把抓起圓椅扔向一旁的阿權，而小李也朝女殭丟了一把袁大頭。

阿權的注意力都放在女殭身上，對小廖、小李毫無防備，那圓椅不偏不倚擊中阿權的小腿。

「唉唷！」阿權吃痛驚呼，不只燭台脫手而出，原本憋的氣也都跑出來了！

女殭被袁大頭擊退，隨即被阿權吐出的熱氣給吸引。阿權扭頭就衝進房間，阿明見狀也往自己的房間躲。小李、小廖緊跟在阿明身後入房，小廖反手就將門給關上、上栓。

然而血腥味對殭屍的誘惑極大，它追阿權追到一半，又轉身來追小廖、小李。它輕而易舉就將房門撞破，小廖再次屈膝躲在桌下。阿明正要躲進衣櫃，就被小李從後一把揪出來，持刀威脅，自己閃身躲了進去。

阿明急拍門道：「裡面可藏兩個人！快開門啊！」

就在這個時候，阿明感到背後一道勁風襲來，趕緊蹲下。十隻尖利的長指甲深深戳進衣櫃門，櫃裡的小李嚇得大叫。

「咕嚕咕嚕！」此時桌下的小廖，肚子竟也餓得直叫！

女殭指甲戳得太深，一時拔不出衣櫃門，阿明趁機逃回偏廳，求救道：「救我啊，阿權！」

小廖擔心自己遲早會被發現，也隨阿明逃出去，與他搶起地上的燭台。

阿權從另一間房奔出，將尿壺砸向女殭。它屍身堅硬如鐵，尿壺登時迸碎，它被當頭淋濕，沒想到燭台也被澆熄，室內頓時一暗。

小廖是個職業偷兒，雙眼比常人還快適應微光，他趁女殭愣住的剎那，對阿權、阿明狂揮刀，率先奔進阿權的房間，將他們關在門外！

深夜，淅瀝嘩啦的雨聲中，窗內的張土豆被一陣突然的響雷聲驚醒。他的眼皮直跳，令他有點不安。

他摸黑下床，手在桌子上摸到燭台、點燃蠟燭後，發現牆上掛著的祖傳羅盤指針在亂轉！

奇怪，指針怎會平白無故轉動呢？

他感到事有蹊蹺，便端著燭台，想去外面看看。才走出房門便聞到一股土味及兩股陌生的陽氣，他立即往張睿光的房間奔去。

他叫醒孫子後，隨即聞到兩股相似的陰氣，又聽到左護龍動靜，便低聲對孫子說：「不好！恐怕是那不翼而飛的殭屍已甦醒，萬一真是『子母凶』就糟了！你找個地方躲起來，天還沒亮之前，不准出房門，也別出聲、別亮光。我一走，就把房上栓，明白嗎？」囑咐完，拿走桌上的火柴便匆匆離去。

阿權也從口中摸出一枚袁大頭朝女殭丟去，女殭被擊中後，果然向後退。他一喜，對阿明說：「有用有用！趕緊的，把你的袁大頭都拿出來，我沒錢了！」

阿明困窘地說：「我也沒錢啊！」

女殭又試探地朝他們前進一步，阿權和阿明同時閉氣、後退，一個拿圓椅，一個拿那半張圓桌，與它對峙。女殭一時嗅不到兩人氣息，只是到處打轉。偏偏它一直擋在門口，兩人不走也不是、要走也不是。

時間一分一秒過去，兩人的臉都已經從漲紅轉成發紫、即將氣竭時，屋外忽有一團火光出現。

「我來了！」張土豆提著火把趕來，一進門就衝著女殭灑硃砂粉。

「啊——」女殭邊倒退邊淒厲慘叫，臉皮彷彿被火灼燒似地，瞬間破好幾洞，冒出濃濃焦臭。

「快出來！」張土豆對阿權、阿明喚道。

兩人丟下桌、椅，飛也似地逃出，女殭正要追來，張土豆便拉上雙開門，將火把吹熄、當栓，卡在外頭門把上。

小廖和小李正各自開房門，想和他們一起逃出去，但眼見來不及，只好又再次關上門或躲回衣櫃。

「碰！」廂房門因撞擊而微微震動。

屋外的張土豆說：「這門比裡頭的客房門結實得多，殭屍無法輕易撞破，一時出不來。你們小心，我還聞到另一股與女殭相似的陰氣。另一隻很有可能是它的嬰孩。」

阿權聽出弦外之音，道：「嬰孩？你的意思是……那兩隻豈不是成了──」

阿明臉色慘白，驚呼：「子母凶！」

「恐怕是如此，」張土豆環顧周遭，「大家千萬小心，快隨我去工具間準備。」

小廖躲的客房內沒有衣櫃，只有簡易的晾衣架。他將眾人的對話聽得一清二楚，知道此地不可久留，便想從窗戶逃出去。但是房間爲了防盜，窗戶都是上窗極扁的氣窗、下窗則是只有透光效果的糊紙窗格、無法開闔。

門外的母殭忽朝他的方向而來，他聽到腳步聲，著急地在房內打轉了一圈，只好躲進床底下。

他整個人才藏好，房門就被撞破了！

5. 祖孫聯手

張睿光被叫醒後，還沒搞清楚狀況，阿公便已匆忙離開。阿公交代了什麼，他根本沒聽懂，只依稀記得好像有提醒他「天亮前不得出去」和「上門栓」。

奇怪？阿公爲何把我叫醒、跟我說這些？是家裡遭賊了嗎？

他在床上躺了許久才起身。要上門栓時，忽有一股尿意，便想出門小解。爲了以防萬一，他決定拿樣東西防身。找了一會，一支開關氣窗用、有兩節長的竹竿拿起來最順手。

茅廁在三合院外，他小心地探出頭，揉揉惺忪睡眼一看，院子裡一個人也沒有，也沒有亮光。

奇怪，阿公呢？

他摸黑走出房門後，先是沿著堂屋屋簷走，又轉彎沿著右護龍走。走到一半，他發現對面工具間裡有火光，還有窸窸窣窣聲傳出，便心想：難道是偷兒？他會不會已經被阿公抓到、綁起來了？

就這麼一分神，有團黑影忽然從他面前的灶房裡跳出來！

「啊！」他被嚇得不輕，尿意都縮了回去。定睛一瞧，地上竟是一個赤裸、滿是泥濘、葉草的嬰孩！

張睿光聞到一股熟悉的腐臭味。他一手捏鼻，嫌棄道：「怎麼臭得跟死人一樣？喂，你是哪家的孩子啊？」

他邊問邊用竹竿戳嬰孩額頭的刀傷：「你額頭怎麼啦？」

他萬萬沒想到，自己這麼一戳竟然就把嬰孩額上的皮給揭開了！而且一滴血也沒留下！

不會吧？難道它是殭屍？這世上眞有殭屍？

張睿光開始害怕了，他邊後退邊高舉頸上的十字架項鍊，大喊：「天父，救救我！」

嬰孩眨了眨眼，那雙眼睛紅得駭人。

張睿光見它絲毫不懼，便又說：「萬能的上帝、全能的耶穌！救救我！」

子殭開始朝他爬來。

「耶和華！」

子殭對他裂開嘴，露出兩顆尖利如虎牙的犬齒。

「哈雷——」他喊到一半，子殭猛然朝他躍來，他下意識地揮竿將它打飛，

「——路亞！」

子殭一驚，在空中叫道：「麻麻！」

左護龍客房內，來不及逃、又躲回床底下的小廖，被地上灰塵嗆得直流淚，好幾次都差點忍不住打噴嚏。女殭被他的血腥味和陽氣吸引進客房，但它沒辦法低頭、彎腰，所以一時找不到他，只在房內四處嗅聞、低吼，不肯離去。

另一間客房內，衣櫃裡的小李斷指仍在流血。他疼得冷汗直流，另一隻手四處摸索著，摸到了件衣服，便用手和牙齒撕咬下一塊布，忍痛將傷口包紮起來。

小李包紮的動作使血流得更多，指上的血腥味從衣櫃門上的破洞飄出，將小廖那頭的女殭吸引了過來。小李雖立即停下動作，但衣櫃外的腳步聲還是越來越近。他害怕得不得了，只能用無傷的那隻手緊緊扣住衣櫃門。

他仰頭往門上的破洞窺看時，洞口突然出現一對混濁的雙眼與他對視！

「啊！」他嚇得大叫。

衣櫃的雙開門馬上就被女殭扯開、扔向兩旁！就在女殭伸爪撲向小李時，突然感到一陣心痛。它猝然定住。

一股前所未有的恨意襲上心頭，它痛恨那個害孩子受驚的生人。

必須殺了他！

「啊——」它憤怒地放聲尖叫，轉身就往曬穀場的方向橫衝直撞。

張睿光將子殭打飛後，馬上逃進旁邊的灶房，想找個地方躲起來。但是他打開幾個碗櫥看，裡頭空間都太狹小了，根本無法藏身。

突然間，背後傳來「啪」一聲，他轉身一看，子殭跳進來了！

方才揮竿的力道之猛，連竹竿都給揮出去，此刻手無寸鐵的他，右手慌忙伸向身後那排瀝乾廚具的掛鈎，卻發現牆上兩把刀都不見了！

子殭再次對他咧開嘴，伏低身子、朝他撲來，他隨手抓了鍋蓋當盾、奮力將它頂開，又拿了支鍋鏟，勉強當武器與它對峙。

張睿光靈機一動，刻意移動到碗櫥前、放低身形，趁它再次撲來之際，趕緊跳開。

「匡啷！」它跌進碗櫥裡，正轉身要爬出來時，他又補上一腳、將它踹回去。他關上碗櫥門，以鍋鏟當栓插入門把、抵住對開門後，總算鬆了一口氣。

他手背抹了抹額頭冷汗，就聽見背後傳來一聲巨響，一回頭就看見一個長髮女人站在灶房門口、擋住了去路！

他從它身上的旗袍樣式認出它的身分，登時雙眼圓睜，雙肩一縮，心想：慘了！

在逃跑之前，他不死心地對它舉十字架項鍊高喊：「哈雷路亞！」

「啊——」母殭朝他長吼！

他立即閉氣、蹲下，摀住耳朵。母殭一時察覺不到他，開始胡亂撲抓。就在這個時候，碗櫥內的子殭猛然朝門一撞，門把上的鍋鏟因此一震、落到地上，它隨即衝了出來！

張睿光被前、後夾攻，害怕得動都不敢動。

就在他快要憋不住氣時，忽然靈光一閃，使勁將鍋蓋扔向一旁飯廳深處，想來個聲東擊西。

這一擊恰巧驚動了躲在角落的老鼠，鍋蓋落地之處忽然吱吱作響，一隻老鼠竄了出來。子、母殭同時朝牠低吼一聲，子殭朝牠飛撲過去。而張睿光則趁機繞過母殭、從它眼皮子底下爬出去。

他一出灶房，立即深吸一口氣，沒想到母殭馬上追出來！

「啊！」張睿光邊跑邊放聲大叫，「阿公！」

對面工具間的門一開，張土豆拿著火把帶頭衝出來，對張睿光大喊：「閃開！」

張睿光一閃，張土豆身後的阿權和阿明便朝張睿光背後的母殭撒出硃砂網，遲一步跑出灶房的子殭則及時跳開。

「眞是子母凶！」張土豆道。

母殭一落網，屍身便宛如被鹽水（注2）烽炮炸到般，頓時火光四射、劈啪作響，黑煙與鳴聲不絕。

「啊——」它痛苦得仰天哀嚎，面容扭曲、四肢抽搐。

無論它怎麼掙扎，都逃不出這硃砂網。然而，在這危難關頭，母殭卻突然恢復了一些意識。它自知逃出無望，轉頭對子殭發出一連串的悲鳴。

對於張土豆、張睿光等人而言，母殭是因疼痛而咿啊怪叫，但它其實是在對子殭喊道：「危險啊！快走！孩子，快走啊！」

子殭雖面露恐懼，但仍繞著母殭與眾人打轉、不肯離去：「麻麻……麻麻……」

母殭繼續朝子殭喊：「快走啊！有危險，快走啊！你懂嗎？快走啊！」

一旁的張睿光別過頭，不懂心裡爲何那麼不舒服。照理來說，除惡是好事，他應該要高興才是，但心裡卻好不舒服。

此景實在殘忍，張土豆不願孫子再看下去，便對他喊：「阿光，我們的火把快滅了，再去拿幾支來！」

張睿光點頭，轉身跑回灶房。一燃起火把，就看到地上的銅錢。他靠近一看，竟全都是阿公提過的、在世間已流轉千年的古物——開元通寶！

他想起白家棺槨內，女屍戴的銅錢罩樣式，立即以火將古銅錢燒過一遍，再扯下硃砂繩環，迅速將古銅錢串成一面簡單的方形罩。

左護龍的廂房門被母殭給撞開沒多久，小廖和小李便壯著膽子跑到門邊，看母殭被制住，才敢邁出門。兩人雖怒火中燒，但對母殭仍心懷恐懼，便雙雙衝向子殭，對它又刺又捅，以消心頭之恨。

子殭見母殭被逮住後，彷彿六神無主，不知反抗地任人宰割，只是一直喊道：「痲痲……痲痲……」

直到阿明衝上前以火把燒它時，它才吃痛哭叫：「啊——媽媽——」它反手將火把打飛，在地上掙扎打滾。身上的火雖馬上被壓熄，但也黑了一大片。

阿明奔去撿火把時，母殭因子殭被火燒傷，登時暴怒。它仰頭尖聲怪叫，隔著硃砂網一掌將阿權打飛，掌心立即轉為焦黑，但它不管不顧，仍向上一躍而起，凌空翻身，將網踩在腳下。

注2：此處的「鹽水」指的是福建省的鹽水鎮，也是「鹽水烽（蜂）炮」的發源地。

它這一掌打得極重，阿權一落地便昏了過去。

「糟糕！硃砂網已制不住母殭！」張土豆想起正廳內鎮宅的祖傳桃木劍，立即轉身往正廳飛奔。

母殭發狂般撲向離子殭最近的小李，十隻利爪深深插入小李雙肩，小李痛得大吼：「啊！」

小廖上前舉刀對母殭又劈又砍，母殭隨即將他撲倒在地、用力朝他脖子咬下！

阿明爲了救人，猛揮火把，對母殭大喊：「喂，妳孩子是我燒的！有種來咬我啊！」沒想到他話一說完，火把就被他揮滅了！

母殭尖叫一聲，追著阿明跑時，另一頭的小廖和小李趁機互相攙扶、逃出三合院。兩人摸黑跑沒多遠，便掉進田邊大渠。

從正廳趕回來的張土豆，立即以桃木劍劍尖刺向子殭的手掌，對母殭喊道：「別動！」

子殭隨即感到一股刺麻，且這種感覺正順著掌心往肩頭蔓延，母殭也同時感應到了這點，立即棄追阿明，回頭攻向張土豆。

張土豆身形一矮、躲過它的利爪，出劍刺向它胸口。母殭一愣，張睿光從它背後跳起，大膽地拿銅錢罩摀住它口鼻！

母殭被陽氣十足的銅錢罩一鎮，登時四肢僵直，閉眼倒地。

此時阿明從工具間提煤油桶出來，朝母殭潑油。張土豆見機不可失，立即拿走張睿光的火把、扔向母殭，拉著孫子後退。

母殭立即熊熊燒起，它驚恐地哀號掙扎，最後倒在地上，看向子殭，絕望地流下兩行如墨般烏黑的淚。

「媽媽！」子殭見狀竟毫不猶豫地奮力一躍、撲向母殭！

母子相擁，轉眼間便燒成一團火球。烈火夾帶著熱氣，所有人都退得更遠了。

張睿光想到了母親，他感到一陣鼻酸，愧疚地低下頭，緊抓著阿公的手，問他：「這樣真的對嗎？我們是不是錯了？」

張土豆不答，只是低下了頭。他也不知道。

自小祖父輩便教他「除惡務盡」，典籍也都是這麼寫的。

他原先也很篤定應該如此對付殭屍，但等到自己親手滅了它們後，卻再也不能肯定了。

破曉之時，曬穀場上已燒成焦屍的一對母、子殭，被晨光一照，皮肉轉眼化成一灘惡臭屍水，只剩枯骨和古銅錢。

累得不省人事的張睿光，不知不覺就睡著了，此刻正大字型躺在一旁地上呼呼大睡。

一夜未闔眼的張土豆總算鬆了一口氣，差遣阿權和阿明將古銅錢撿起、拿去清洗後，他親自爲這對母子撿骨。

張土豆並非斬妖除魔的道士，他當了一輩子的撿骨師，此番除殭還是頭一遭，心裡一直有些難受。

他恭敬地將骨頭一一放入預先備好的骨灰罈中，心想：殭屍確實害人不假，但它們無知無識，並不知道自己是在害人。且追根究柢說來，成殭絕非它們所願，更非它們的過錯。

怎麼說它們也是一對無依無靠的母子，我如此將它們除去，終是對不住它們。今後我恐怕再也不能睡得安穩了。

他嘆了一口氣，感慨道：「看來我果然不是道士的料，心太軟了。」他看向一旁睡到流口水的張睿光，又苦笑道，「活了半輩子才發現，老天不給我和兒孫習道的天份，其實是好事……」

鄰人們一大早便結伴趕市集，途中有人發現路上血跡斑斑，馬上吆喝：「來看啊！地上有血！」

大伙循著血跡來到溝渠旁，赫然驚見渠內倒著兩人。他們皆全身發黑，眼球上吊，舌頭外吐，死相十分駭人。

「媽呀！」眾人驚呼一聲，嚇得跑開。

有的直喊晦氣，有的又朝溝渠內喊了幾聲。其中一個鄰人膽子大，聽渠內都沒回應，便又跑回去，伸手探兩人鼻息。

他對眾人說：「都斷氣了！」

另外一個鄰人也跑過來一探究竟，奇道：「奇怪，他們為何臉和手都黑成炭一樣？是不是中了什麼毒？」

其中站得遠的鄰人勸道：「這誰知道啊？或許是被蛇咬了呢？快走吧，別看了，去鎮上趕早市順便報警。」

鄭管家一來到三合院，便看傻了眼。院內一片狼藉不說，還有濃濃焦臭味。張土豆和兩個助手也是灰頭土臉、一身狼狽。要不是張土豆的孫子躺在地上睡覺，他還以為昨晚張家被土匪洗劫過。

他掩鼻問張土豆：「師公啊，你這裡是怎麼回事啊？昨天來，還好好的啊。」

「一言難盡。」張土豆挑簡要的向鄭管家說，並將骨灰罈和灶房整理出的陪葬品一同交給他。

鄭管家雖半信半疑，但眼下有了骨灰罈和陪葬品，他也好交差，便不打算再深究。

「喔，對了。」張土豆將一布袋遞給鄭管家，「裡頭裝的是棺內的古銅錢。」鄭管家一接過來就聞到一股腥臭味，他被燻得五官都皺在一起，像是隨時會吐的樣子。

張土豆見狀便說：「這些銅錢都已清洗過，只不過因與殭屍一同燒過，又浸過屍油、屍水，難免會有些怪味。日頭下曝曬幾日，味道就能散去了。」

鄭管家憋氣，打開布袋往內看了一眼，便將布袋交給張土豆說：「不用了，都是些前朝舊錢，如今也用不上。白家不差這些古物，你就替我將它們處理掉吧。」

曬穀場一角，張土豆坐在板凳上，埋頭將面前方桌上的開元通寶，以硃砂繩掐銅絲牢牢串成銅錢罩。以免因時日久了、硃砂繩再次風化、斷裂。

此外，他也在古銅錢間加上幾顆小銅鈴增強化煞之效，如此此銅錢罩便與那桃木劍一樣，本身也可作爲辟邪的鎭宅物。

張睿光安靜地坐在他身旁，難得耐心地看他慢慢將古銅錢一一串起。

大功告成後，張士豆滿意地將銅錢罩拿起來檢視一番。午後斜陽下，銅幣金光閃閃，青苔般的銅鏽也變得有些翠綠。小銅鈴發出清脆的鈴聲，在靜謐的鄉野間顯得有些刺耳。

張士豆對孫子說：「我決定將這副銅錢罩與祖傳的桃木劍、羅盤一同收好，以免將來又遇到殭屍。」

張睿光說：「不會那麼衰吧?天底下哪來那麼多殭屍啊?」

「不怕一萬，只怕萬一。」張士豆嘆了一口氣又說，「但願這世上再無邪祟。」

張睿光撇撇嘴，不同意地說：「要是這世上再無邪祟，這些寶貝豈不從此無用武之地，只能繼續放在家中鎭宅、蒙灰?」

「那樣才好啊，但願我再也用不到它們。我再也不想斬妖除魔了。」

張睿光到底還年輕，不懂阿公心中諸多的感慨及不願再殺生的心思，只當阿公是年紀大了，體力不行。他看這銅錢罩串得精美，很是喜愛，邊摸邊對阿公說：「希望那個鄭管家日後不會反悔，又來向我們討回去。」

他越想越不放心，便對張土豆說：「阿公，我看這樣吧。反正你也已經那麼老了，還是先把銅錢罩傳給我，讓我帶回城裡好好保管吧。」

張土豆一聽，怒目而視，拍桌道：「你這個臭小子，說誰老？」

張睿光見苗頭不對，立刻跳起來，一溜煙就跑到大門口。

「你去哪？給我回來！」張土豆叉腰喊道。

「才不要！我一過去，你就要打我！」張睿光又問，「好端端的，你生什麼氣啊？」

「我生什麼氣？我生什麼氣，你不知道嗎？」

「不知道啊！」

張土豆氣得追上去：「臭小子，給我回來！」

夕陽餘暉下，祖孫倆一前一後地跑了出去，曬穀場上只剩方桌上的銅錢罩仍舊閃爍著盈盈金光……

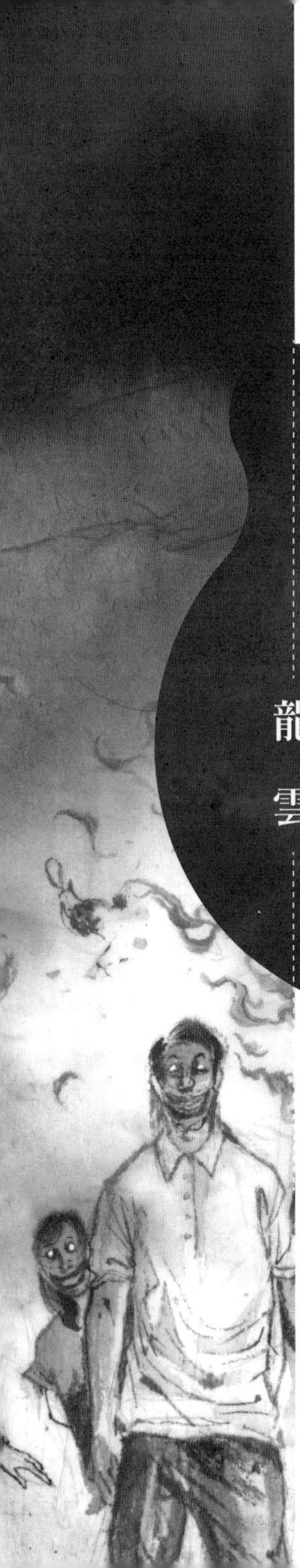

第二篇

笑

龍雲

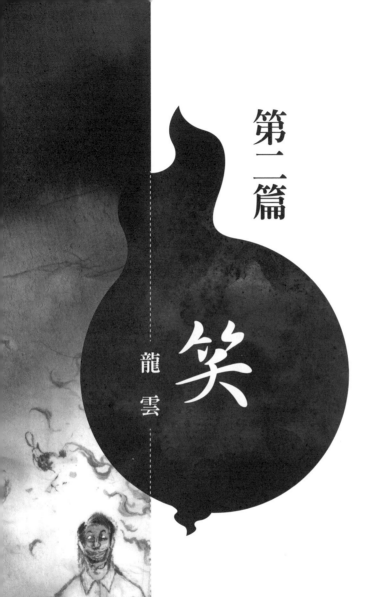

1. 燦爛的笑

高靜恩與何榮德是一對情侶。

男方何榮德個性溫和，笑起來十分燦爛，有那種會讓人心情跟著變好的魅力，就好像年輕時代的湯姆克魯斯那樣，只要一笑起來，就十分迷人。而女方高靜恩卻完全相反，從小就不喜歡笑的她，十足就是人們口中的「冰山美人」。

基於這點極大的差異，讓他們的交往看起來眞的可以用不可思議來形容，其中何榮德的朋友更直接形容兩人就是眞實版的「冰與火之歌」。

然而不管別人看上去有多麼的不可思議，甚至難以理解，但是對實際上交往的兩人來說，只要能夠處得來，這也不是什麼太大的問題。

兩人交往了將近一年的時間，雖然說高靜恩不喜歡笑，但是相對來說，情緒也比較穩，只是看起來比較凶而已，因此兩人交往的這段時間，幾乎沒有什麼爭吵，就這樣甜蜜地度過了數個月的時光。

這天兩人下班後，跟過去一樣在附近的餐廳吃飯。在開始吃飯的時候，高靜恩看了何榮德一眼，將這一天心中一直掛念著的那件事情說了出來。

「德，」靜恩淡淡地說：「今天我媽打電話給我。」

榮德點了點頭，繼續吃著飯。

「她想要約你，到我們家去吃飯。」

說完之後，靜恩停下筷子，觀察著榮德的反應。儘管靜恩試圖把這件事情說得稀鬆平常，但是不管對誰來說，初次見對方父母一直都不是一件輕鬆的事情。

榮德聽了之後，也停下了筷子，抬起頭來看著靜恩。

靜恩靜靜地回望著，等待著榮德給一個答案。

對望了一會後，榮德臉上緩緩露出了那招牌的微笑。

「是可以啦，」榮德笑著說，「我有跟妳說過，我確實是以結婚為前提交往的，所以……這應該是遲早的事情吧。」

聽到這樣的回答，即便靜恩臉上的表情沒有半點變化，但內心確實鬆了口氣。這樣的情況，從小就給靜恩與其他人帶來不少困擾，因為在別人的眼裡，像她這種不太有表情的人，完全無法判讀她的情緒與心思。

不過對於靜恩的狀況，榮德很清楚，所以即便靜恩沒有表現出表情，但是榮德也知道，她只是沒有表現出來罷了。

「那我們就約這個禮拜六，好不好？」靜恩問。

「嗯……這禮拜六感覺有點趕，」榮德說，「我覺得下禮拜六比較好一點。」

「好，」靜恩說，「那我跟我媽說。」

「不過，」榮德笑著說，「在這之前，是不是可以稍微介紹一下妳家裏面的成員？」

榮德對靜恩的家人一無所知，這點對已經交往將近一年的情侶來說，確實有點怪。這是因爲靜恩鮮少提及自己的家人，所以榮德這邊只知道，她的雙親健在，老家在北投區，其他一無所知。不過不只有靜恩如此，榮德自己也很少提及自己的家人，所以才會覺得自己也沒有資格多問。然而現在因爲要見面，所以需要稍微了解對方家裡的狀況，這樣準備個伴手禮之類的，也比較不會失禮。

在靜恩的介紹之下，榮德才知道除了雙親之外，家裡還有一個美術相關科系畢業的哥哥。爸媽已經退休在家，只剩下哥哥一個人還在工作，不過因爲兩老都有退休金，所以生活方面並無匱乏。聽完了靜恩對自己家族的簡單介紹之後，榮德點了點頭，然後笑著對靜恩說：「那這周末妳陪我一起去買個伴手禮，然後我們就約下個禮拜六，到妳家去拜訪一下。」

聽到榮德這麼說，靜恩雖然沒有露出笑容，但是此刻她的內心如果可以有表情的話，恐怕正綻放著跟榮德一樣燦爛的笑容。

對於榮德這麼乾脆地答應去自己家，靜恩眞的不只有開心，還有些感動。

相比之下，或許對於接下來的會面，多少有點不安，因此榮德的笑容看起來……似乎沒有過去那麼燦爛。

2. 不退色的笑

雖然對於榮德答應要拜訪自己的雙親，靜恩確實感覺到欣慰與開心。不過事實上從那之後，靜恩就一直忐忑不安。會這麼擔心，當然是有她的難言之隱。她很清楚，自己家有一個祕密——一個絕對不能告訴別人的祕密。

靜恩就是擔心害怕榮德知道了這個祕密之後，會改變對自己的態度與想法。除了擔心榮德的變化之外，靜恩自己的心情也很混亂。

她知道在這次的會面之後，兩人之間的關係，很可能會有所改變。

一般來說與對方的雙親見面，確實有可能會改變一些事情甚至讓雙方的關係產生變化，不過對靜恩來說，眞正要面對的終究還是自己的心。

因爲都到了這個時候了，她還是搞不懂，自己眞正愛的是榮德的人，還是……

來到了會面這一天，兩人先在外面碰面之後，再一起前往靜恩家。

按下門鈴，榮德深呼吸一口氣，試著放鬆自己的心情。只是榮德不知道的是，身後的靜恩，內心比他還要緊張。

大門緩緩打開，靜恩的雙親與兄長，一起來到了門前迎接兩人的到來。

光是第一眼，就讓榮德有點愣住了。

原本還以爲，靜恩的家人會跟她一樣不太愛笑，所以榮德已經做好心理準備，可能開門後看到的都是沒有笑容的臉孔。

誰知道門一打開，門後的三人臉上竟然都有著誇張的笑容。那誇張的程度看起來就好像三把新月彎刀掛在三人臉上，眞正用表情詮釋了所謂的「笑容可掬」。

「榮德嗎？」靜恩的爸爸笑著說：「你好，終於見到你了。」

榮德當然也報以微笑，點了點頭說：「高爸爸你好。」

榮德將手上的伴手禮交給靜恩爸，簡單寒暄幾句之後，眾人一起來到了客廳。

「再過一會就可以開飯了，」靜恩的媽媽笑著說，「你們先看一下電視。」

靜恩媽說完之後，轉身進去廚房，其他人坐在客廳看著電視，電視上正播放著新聞頻道，榮德當然沒有什麼心情看電視，只是靜靜坐著順便偷偷觀察一下靜恩一家人。

可能是想要等等在餐桌上有些話題，所以靜恩的爸爸跟哥哥，並沒有多問榮德什麼問題，只是看著電視不時聊個一、兩句話。

感覺起來就跟一般家庭沒什麼兩樣。這是榮德最初浮現的感覺。

不過……就是有一點怪怪的。

在剛剛開門迎接兩人的時候，三人臉上都充滿著笑容，這還可以理解，畢竟客人到了，禮貌上來說，笑著表示歡迎。但是現在都已經坐下來看電視，靜恩的爸爸與哥哥，臉上卻仍然維持著那樣的笑容，就眞的有點怪怪的了。不只有兩人，就連在廚房忙進忙出的靜恩媽，臉上也是那毫不退色的笑容。

這樣笑……臉不會痠嗎？

這時靜恩的爸爸突然說：「哥哥最喜歡的主播出現了。」

因爲一直都在觀察的關係，所以榮德完全沒注意到電視上到底播了些什麼，這時聽到靜恩爸爸的話，才回過神來。此刻電視上的是雖然不是那種看一眼就可以說出名字的主播，不過應該也是大部分人都有看過的一位女主播。

再看向靜恩的哥哥，只見他雙眼直盯著電視，眞的彷彿是看偶像一樣的神情，讓榮德感覺到有點神奇。

「她的笑容眞的很棒。」哥哥喃喃自語般地說著。

這位女主播長得很漂亮，台風也很好，所以長年都是在熱門時段的當家主播之一。雖然可以想像一定有不少人喜歡她，但是應該沒有人會這麼專注在「笑」吧？

一旁靜恩的爸爸附和道：「嗯，她的笑容眞的很不錯，榮德你覺得呢？」

榮德禮貌性地點頭說：「嗯，確實很有魅力。」

就在點頭的同時，榮德突然聞到一股奇怪的味道，那是一種腐臭味，就好像有什麼東西壞掉了一樣。這味道讓榮德想起從進門後就有聞到，在靜恩家中飄散著一股好像漂白水般消毒水的味道。本來榮德還不太在意，心想可能對方不久前掃除過，才會殘留這樣的味道。

但是現在突然聞到了這股腐臭味，讓榮德有種欲蓋彌彰的感覺，而且從氣味飄過來的方向看去，似乎是從靜恩哥哥那邊傳來的。

就在榮德想要弄清楚氣味的來源時，飯廳傳來了靜恩媽媽的呼喚。

「好了，可以開飯囉。」

眾人來到了飯廳，電視仍然開著。

餐桌上擺滿了看起來就很美味的菜餚，每個位子前都放著一杯已經倒好的紅酒，不過可能因爲剛剛聞到的那股味道，加上原本就有的漂白水味，讓榮德感覺有點反胃，不是很有胃口。

才剛坐定，靜恩的爸爸舉起了酒杯：「那麼，讓我們一起歡迎榮德，希望你們以後有時間，可以常來家裡坐坐。」

大家紛紛舉杯，榮德也雙手捧起杯子，向靜恩的爸爸點了點頭。

因爲今天是坐捷運過來的，所以榮德沒什麼顧慮，乾杯之後仰頭喝下杯中紅酒，雖然說對紅酒沒什麼太多研究，不過感覺這紅酒似乎比較澀。

然而榮德並沒有太在意。在大家一起開動之後，即便胃口不好，但榮德還是盡可能夾了幾樣看起來比較好入口的菜。

跟先前在客廳時候一樣，一切看起來都很正常、普通，但是困擾著榮德的，還是除了靜恩之外的其他人，臉上一直保持著的那抹不退色的笑。

正當榮德覺得這也實在太怪異了，想要說些話的時候，原本還在閒聊的其他人，突然閉上了嘴，同時也停下了所有動作。

突如其來的沉默，讓電視的聲音變得十分清楚，因此新聞的內容也傳入了榮德的耳中，與此同時，榮德感覺到頭有點暈眩。

「沉寂了一段時間之後，」記者的聲音傳入榮德耳中：「曾經讓台灣社會陷入恐慌的剝皮魔，又再度出現了。這一次……」

聽著新聞的內容，榮德感到越來越不對勁，整個世界好像開始旋轉了起來，在聽到這些內容的同時，整個人的力氣也開始流失。

「屍體被附近晨運的老人家發現後，立刻報警。警方到場立刻封鎖現場，發現死者下半部的臉皮，幾乎都被人剝了下來。」

剝皮魔……下半部的臉皮……聞到的異味……不退色的笑容……

榮德勉強抬頭看著在場的其他人，每個人都彷彿靜止不動一樣，靜靜地看著自己，而臉上仍然是掛著那抹毫不退色的笑容。

榮德開始感到心慌，不過全身的力氣就好像被人抽乾了一樣，完全沒辦法動彈，接著身體一軟，整個人就這樣直接倒在飯桌上。

更詭異的是等到自己一頭栽在餐桌上後，意識才開始模糊起來。

在失去意識之前，榮德看到了靜恩的爸爸、媽媽與哥哥，都是靜靜地看著自己，臉上卻仍然是那誇張的笑。

看著這些笑容，榮德終於了解到，原來有些笑，是真的可以讓人骨子裡發寒。這大概就是所謂的皮笑肉不笑吧？

這麼想著的榮德，雙眼一閉，整個人墮入了一片黑暗之中。

看到榮德徹底暈過去，除了靜恩之外，其他三人緩緩地站起了身，臉上卻仍然是那絲毫不退色的笑容。

3. 無力的微笑

榮德緩緩地張開雙眼，眼前是一片漆黑的天花板。

腦海裏依稀有些模糊的畫面，有幾個下半部沒有皮膚、肌肉紋路完全顯露在外的恐怖臉孔，似乎在搬運著自己的景象。

這些畫面感覺如夢似幻，連榮德也分不清楚到底是現實還是夢境。

榮德想要坐起身來，動一下自己的身體，結果發現自己仍然處於無法控制自己身體的狀態。

那一雙勉強張開的雙眼，頂多也只能轉動眼珠，但是放眼望去，都是一樣漆黑的天花板。

就在這個時候，一張熟悉的臉龐出現在自己的視線之中，那是自己這一年來交往的女友——高靜恩。

榮德看到她，但是卻沒有辦法有任何的反應，情況就好像過去一年的翻版，只不過男女雙方角色互換，這次換成了榮德沒辦法透過肢體語言與表情，來表達自己內心的情緒與想法。

諷刺的是，此刻榮德倒是從靜恩的模樣，看出她似乎非常了解自己現在的狀況，這讓榮德感到……非常失望。

靜恩這邊，看到榮德張開了雙眼，靠到了榮德的臉旁。

「德，對不起。」靜恩用道歉打破沉默。

「你知道嗎？」靜恩說，「打從一開始，我就覺得你的笑容，是全天下最美的笑容。不管是那個我哥最喜歡的主播，還是先前的那個女孩，都比不上你。」

榮德只能略微將眼珠轉向靜恩，除此之外沒辦法做出任何反應。

「你終於見到我的家人，」靜恩淡淡地說，「有沒有覺得他們的笑容很迷人呢？」

對此，榮德沒有辦法表示任何意見。

「你一定不能了解，」靜恩的語氣中帶著惱怒，「像我們這樣的人有多麼痛苦，不，你應該可以了解，即便你有那麼燦爛的微笑，但是這一年來，你問過我多少次，我是不是在生氣，我都需要一次次地告訴你、安慰你，我真的沒有生氣。」

這其實不只有靜恩，幾乎都是所有天生臭臉的人都有的困擾。

「就像那天，」靜恩語氣逐漸趨緩，但是臉上的表情卻沒有絲毫變化，「你答應要來我們家的時候，我有多麼感動、多麼開心，但是我都沒有辦法讓你了解。沒有了笑容與表情，真的什麼都沒有了，這個世界就是黑白的，所有人都不給你好臉色看，但是……有沒有人想過，我們是天生的，我們不是故意擺臉色給你們看！好像我們不笑的人，就該死一樣。」

即便靜恩說得義憤塡膺，但是確實如她自己所說的一樣，缺少了表情，就宛如一個沒有靈魂的讀稿機一樣，非但無法讓人感同身受，還讓人覺得有點恐怖。

「其實如果我不說的話，」靜恩話鋒一轉，「你可能不知道，其實我並不是我們家唯一一個不會笑的人。這……就好像詛咒一樣，詛咒著我們家。」

靜恩的拳頭不自覺地緊緊握了起來。

「一開始想要抵抗這個詛咒的人，」靜恩說，「是我媽。她希望可以透過整形，改變這樣的命運。但是結果實在太讓人失望了，找了一堆醫生，卻沒有半個有用的。最後爸爸想到了一個辦法，既然笑容沒有辦法迎合我們，那就改變我們自己，去迎合笑容。這就是爸爸想到的辦法……我們只需要找到合適的人皮口罩，就可以了。」

靜恩說得驚世駭俗，榮德仍沒有半點反應。

「爲了讓我們家的人，」靜恩說，「都有個讓人滿意的笑容，哥哥還特別自學了整形手術。你說哥哥是不是很厲害？完全無師自通喔。」

這句話背後隱藏了多少讓人毛骨悚然的眞相？先不說無師自通厲不厲害，就算是天才，恐怕也需要多次的練習才有可能成功。醫學院可以透過正當的管道，得到大體老師的協助，如果是私人想要學，這大體老師的來源……

「最後經過我們一家人的努力，」靜恩說，「結果就像是你看到的那樣，每個人的臉上都有了完美的笑容……除了我。」

靜恩停頓了一會。

「因為我的臉型不容易找到合適的對象，」靜恩說：「所以一直沒有辦法跟其他人一樣，有張完美的笑臉。不過這一切，將在今天會有所改變。」

說完之後，靜恩凝視著榮德，雖然她仍舊面無表情，不過眼神中似乎看得出期待與興奮的神情。反觀榮德這邊，即便靜恩說了那麼多，但是卻沒有半點反應，讓靜恩完全猜不到榮德心裡的想法。

「我現在好像有點知道你的感受了……」靜恩說。

只是不管怎麼樣，一切都已經水到渠成，不管榮德能不能接受，已經沒什麼差別了。

「我真的覺得很開心，」靜恩說，「可以讓你的笑容，當作我的第一張笑臉。這些年來，哥哥的技術已經很純熟了，他都已經可以局部麻醉，幫自己弄臉了，你相信哥哥，我已經求他，就算取下臉皮也要讓你的臉部組織未來也可以戴上跟我們一樣的人皮口罩。」

這下榮德終於有了點反應，只見他的雙眼瞪得比先前還要大了。

「只要你願意，」靜恩說，「我們還是可以在一起，甚至永遠在一起，我已經跟爸媽說好了，就算你的臉皮變成了口罩戴在我的臉上，但是他們也會幫你尋找另外一張更適合你的臉皮，只要你願意，我們眞的不會有任何的改變。不！會有改變，我們會變得更親密，我們會變得永不可分！」

這時一直沒有任何動作與表情的榮德，突然抖動了一下。

其實從可以張開雙眼的時候，藥效就已經開始消退了，這時終於可以稍微移動自己的身體，不只榮德自己感覺到，就連一直看著榮德的靜恩也注意到了，而她並不驚慌，反而感到有點心痛，因爲她知道，榮德很快就會感覺到絕望。

果然榮德動了一下自己的手，發現雖然已經可以移動自己的手，但是手腕的地方，卻被東西綁住，因此仍然是不能動彈。

「不好意思，」靜恩說，「因爲以前那個女孩跑掉了，所以哥哥才會特別在這上面裝鎖，爲了防止那樣的事情再次發生。」

或許是認命了，也或許是心理的衝擊太過於巨大，所以榮德只動了一下之後，就放棄了掙扎，全身繼續呈現癱軟的模樣。

看到這樣，靜恩內心一揪，畢竟這一年，榮德對自己眞的好到沒話說。

這時榮德的嘴巴動了一下，看起來就好像是要說話，因此靜恩將頭湊上前去。

「我……胸前……口袋。」榮德勉強擠出這幾個字。

雖然語意不全，不過大概就是胸前的口袋有什麼東西。

聽到榮德這麼說，靜恩一臉狐疑，看了一下榮恩的胸口，口袋裡面似乎確實放著東西顯得有點鼓鼓的，於是她將手伸入口袋之中。

靜恩以爲那會是個讓她飆淚的驚喜——在榮德的口袋裡面，會放著一枚戒指，他其實一直暗中計畫，想要在今天見到自己雙親之後……但是靜恩將東西拿出來，這樣的想像瞬間破滅。

從榮德口袋中拿出來的東西，是一個夾鏈袋，而在夾鏈袋裡面，裝著一個紅色的口罩。

靜恩看著口罩，又看著榮德，以目前榮德說話都很吃力的情況下，很難解釋清楚，不過榮德輕輕頷首要靜恩將東西拿出來。

愣了一會之後，靜恩還是敵不過內心的好奇心，將夾鏈袋給滑開。

而就在靜恩打開夾鏈袋的同時，榮德的臉上浮現出虛弱又無力的微笑。

4. 邪笑

警局的偵訊室裡面，警員劉兆銓與他的搭檔老謝，坐在何榮德的對面。「你跟那個女的交往了一年，完全沒有發現他們家……這麼變態？」老謝皺著眉頭問道。

榮德無力地搖搖頭說：「這是我第一次去她家。」

榮德之所以會在這裡接受警方偵訊，是因爲警方在晚間接獲報案，北投郊區的一間小屋發生大火，消防隊員趕到了現場之後撲滅火勢，發現了四具焦屍以及一個生還者。這個生還者就是榮德，至於那四具焦屍，則是榮德的女友高靜恩一家人。

爲了釐清這起案件的經過，因此榮德才會在這裡，接受警方偵訊。

榮德供稱，因爲女友靜恩的邀約，前往她家作客，結果卻被他們下藥，等到醒來的時候，已經被鎖在手術台上。

靜恩一家想要動手術，將自己下半部的臉皮摘除，後來是因爲靜恩心軟解開了鎖，自己試圖想要逃跑，被其他家人阻止，雙方發生衝突後，不甚引發了火災。他們爲了滅火，自己則趁機逃出來，最後火勢一發不可收拾，他們一家人也因此在大火中喪命。

由於這幾年剝皮魔的案子，造成社會恐慌，讓一直沒能抓到凶手的警方備受責難，因此榮德的證詞，引起了警方的重視，在偵訊的同時，也立刻派人前往高靜恩一家搜索。結果在靜恩哥哥的房間裡面，找到了很多人皮口罩。

「不只有笑而已，還有其他情緒的臉孔，像是哭臉之類的……不過最多的還是笑臉。」前往調查的同僚這麼回報。

對於這個結果，就連辦案多年的老謝都感到難以置信。

「你……真的看不出他們戴著口罩嗎？」老謝一臉難以置信。

確實對一般人來說，光是聽榮德的敘述，實在很難想像，口罩可以完全貼合在人的臉上，看不出半點破綻。

「他們把臉的下半部都挖掉了，」榮德說，「露出了許多肌肉紋路，就好像理科實驗室裡面，會有的那種人體模型，而且上面還有些黏膠之類的東西，應該就是整個固定在臉上吧。」

聽到榮德這麼說，劉兆銓與老謝不自覺地皺起了眉頭。

「可惜他們都被大火燒焦了，」兆銓冷冷地說，「不然還真想看看那些怪物。」

聽到自己的搭檔這麼說，老謝顯得有點訝異。

當然，有了那些人皮口罩，更重要的是，有了榮德的證詞，幾乎已經可以確定，高靜恩這一家人，就是這段時間造成社會恐慌的「剝皮魔」一家人。

或許這也是警方一直沒有辦法找到人的原因，因為大家都認為這個變態狂魔是一個人，誰知道竟然是一家人一起犯案。

今晚的火災，或許是一場悲劇，不過卻幫助了警方一舉破獲了這個承受莫大壓力的案子，也算是一則喜訊。

「好了，」老謝跟兆銓整理好榮德的口供之後，對榮德說：「你在這邊先休息一下，等等我們會派人送你回去。」

兩人說完之後，就帶著口供離開了偵訊室。

整間偵訊室裡面，只剩下榮德一個人。

對警方來說，他是受害者，更是重要的證人。

榮德喝了口警方準備好的熱咖啡，心情也比較平靜些，不管怎麼說，自己今天也算是經歷了一場浩劫，精神方面還有些緊繃。如今靠著熱咖啡中的咖啡因，稍微緩解了些許緊張的情緒。

榮德的腦海裏面，想到了今晚發生的事情，以及自己剛剛的供述，單邊的嘴角不自覺，緩緩地向上揚起，露出了一抹看起來有點邪惡的笑。

5. 上吊的詭笑

兩年前——

一接到妹妹的噩耗，何榮德立刻趕到醫院。

榮德的父母在榮德剛出社會沒多久，就因爲車禍過世，留下榮德兄妹。靠著父母的些許遺產，加上自己收入，勉強熬過了最困苦的幾年，讓妹妹順利大學畢業，本以爲好日子終於要來臨了，誰知道沒多久就遇上這樣的橫禍，而且凶嫌的暴行遠遠超過了榮德所能想像的範圍。

當得知妹妹被人襲擊，榮德第一時間還以爲是被人侵犯了，誰知道竟然是被人剝掉了下半部的臉皮。

「到底爲什麼？」

開刀房外焦急等待的榮德完全無法理解，甚至抓住了告訴他的警察，拚了命地狂問：「爲什麼要這樣做？對方到底跟我妹有怎樣的深仇大恨？」

但是這些問題，警方也沒辦法回答，只能盡力安撫榮德。

經過醫生的搶救，妹妹順利渡過了難關，存活了下來。

手術結束後，妹妹被轉入病房，病房外警方將案情的狀況告訴榮德。

「你的妹妹運氣很好……」

當警方說出這句話，榮德一臉難以置信地用哭紅的雙眼瞪向說出這句話的警員。

運氣很好？半張臉的臉皮都被人扒下來了，這樣叫做運氣很好？

「因爲這個凶嫌做案，過去沒有人活下來，你妹妹是唯一一個。」警員解釋道。

當然從這個角度來說，確實是不幸中的大幸。

但是，榮德眞的沒有辦法接受這樣叫做「運氣很好」，因爲一開始遇到這種事情，本身就是倒楣到幾乎等於被雷打到的同時還被火車輾過一樣糟。

而且在妹妹敷藥時，看過傷勢狀況的榮德，現在更擔心的是，妹妹清醒後，看到自己的傷勢，會難以接受。

尤其是從小到大妹妹最喜歡的，就是自己的笑容。記得幾年前兄妹一起看電視節目，主持人問來賓，最滿意的部位是什麼，榮德也用同樣的問題問了在一旁的妹妹。

妹妹不加思索地回答：「笑！」回答的同時臉上也露出那甜美又燦爛的微笑，如今卻徹底被摧毀了。

這時主治醫生走了過來對榮德說：「何先生，方便我們到諮商室聊一下嗎？」

榮德點了點頭，不過臨走前突然想到什麼，轉過頭來對護理師說：「那個……如果我妹醒了，可能會要鏡子……」

「我知道，」護理師抿著嘴點點頭說：「我不會給她。」

「謝謝。」榮德哽咽地說。

榮德跟著醫師來到了諮詢室中，醫師要他先坐下來，等到確定榮德坐好了之後，才開始將他妹妹的情況說出來。

其實簡單來說，榮德妹妹接下來要面對的問題，恐怕心理方面會比生理方面還要嚴重，所以醫師提出了自己的建議。

「我有推薦幾個心理諮詢師，」醫師說，「我建議你先去跟他們談談，然後談完之後，讓他們去跟妹妹談，相信我，會有很大的幫助。」

當然，心理方面的問題，這些榮德可以理解，不過現在對榮德來說，可能最在意的也是之後妹妹會最在乎的地方。

「那妹妹的臉……？」

「傷口是沒什麼大礙啦。」醫生皺著眉頭說：「只要再過一段時間應該就可以……」

本來醫生想要說「康復」，但是醫生知道，這時候可能不適合使用這兩個字，因爲他很清楚，就算康復也絕對不會再跟過去一樣。

「那……外貌呢？」

聽到這個問題，醫生愣了一下，因爲其實就算沒有任何醫學背景的人，也應該知道外貌已經嚴重受損，當然不可能沒事。

似乎意識到自己沒有表達清楚，讓醫生有點尷尬不知道該怎麼回答，榮德修正了自己的問題：「我的意思是……整形呢？有沒有辦法修補？」

「以目前的技術，」醫生沉著臉說，「應該可以至少不會……」

醫生一時之間，還眞的是找不到適當的詞彙來代替「至少不會看起來那麼恐怖」。

「能百分之百恢復嗎？恢復到跟以前差不多的程度。」

「這個你可能要問一下整型專門的醫生，」這個問題醫生倒是已經準備好了答案，「不過……因爲傷口很深，已經損及神經，可能會有些功能受損，沒有辦法恢復。」

醫生說得有點彆扭，就是因爲事實恐怕是對方難以接受的。

「什麼意思？」榮德哭喪著臉。

「就是可能會比較僵硬，沒有什麼表情。」

聽到醫生這麼說，榮德再也忍不住，低下頭雙肩顫抖不已，淚水也徹底潰堤。

對一個女孩子來說，這是個多麼嚴重的傷害啊？

「妹妹還能笑嗎？」榮德哭著問，「她……最愛笑了。」

醫生抿著嘴，緩緩地搖了搖頭，意思當然不是沒辦法笑，只是就算笑了，也絕對不是榮德所想的那個樣子就是了。

榮德痛哭失聲，而這也是醫院所能提供的最大協助了。

不幸的是，一個月後，雖然傷勢康復，但是榮德的妹妹卻沒能活下來。崩潰的她，實在受不了打擊，無法接受自己變成怪物一樣的面容。

即便在出院後，榮德一直都十分注意，但是那天因爲肚子不舒服的關係，加上看到妹妹已經睡著了，所以跑了一下廁所，誰知道出來的時候，發現妹妹已經用電線上吊自殺了。

榮德打開房門，妹妹就吊在那裏。

原本已經康復的傷口，因爲拉扯的關係，又再度裂開，導致整個口罩都被鮮血染紅。雖然緊急送醫，但仍然回天乏術。

當急救的醫生拿下妹妹臉上那染紅的口罩，不只榮德，就連在場的醫生也立刻倒彈，倒抽一口氣。

先前那位醫生說錯了，因爲上吊的關係，導致肌肉扭曲斷裂，下巴也脫臼，結果導致嘴角兩邊向上揚起，露出十分恐怖——恐怕也只有在這種完全沒有皮膚的情況之下上吊才有可能形成的——上吊的詭笑。

6. 滿意的笑

妹妹死後的第一天，何榮德回到了空無一人的家中。情緒崩潰之際，妹妹房間竟然突然傳出一聲巨響，當榮德跑進去查看的時候，赫然發現衣櫃裡面放著的衣服，全都噴到了衣櫃外。

從那之後，家裡就不時發生一些不可解的事情，像是自己開關的燈，或者移動的家具。

過去對於民俗信仰，榮德都是保持著一種尊重的態度，不會刻意去鐵齒，也不會去迷信。但是面對這一切，榮德相信是因為妹妹還是放不下，怨恨難平。

幾年前因為工作上的關係，榮德認識了一位很有名的法師。

第一次去拜訪他的工作室，在他的辦公桌後面有一塊匾額，上面寫著「老天無眼，人間有情」，讓榮德印象很深。

法師本身在道上，就以專門解決託夢或淨宅等法事而聞名。

於是榮德便找上了這位法師，看在過去曾經有過些交情的份上，法師當然也願意幫助榮德。

在聽完了榮德的描述之後，法師想了一會後，說出自己的看法。

「你妹應該是眞的很恨，」法師說，「尤其在沒辦法找到凶手、正義無法伸張的情況下，這種恨一直悶著，沒辦法散去，才會產生這些現象。」

聽到法師這麼說，榮德心如刀割。

「那該怎麼辦？」榮德哽咽，「要請人超渡妹妹嗎？」

從某個角度來說，這也是這位法師的專業，但是法師卻搖了搖頭。

「如果可以渡，當初就不會執著留下來了，不是嗎？」

「那我該怎麼辦？」榮德感覺到無助，他不希望妹妹生前已經受苦，死後還得懷恨滯留人間。

「你有看到我後面的匾額吧？」法師比了比身後的匾額，「這是我這一派的宗旨，上面寫的老天無眼，其實就字面上來說，包含著兩方面的意思，說直白一點，就是老天不會因爲一個人作惡多端，就下來把他處理掉。我們這派一直都主張，老天爺訂好了規則之後，就不會一直出手干預人間，這就是我們所謂的老天無眼。」

榮德一臉茫然，不懂法師的意思。

「另外一個意思，」法師接著說，「就是說發生了像你妹妹這樣的事情，但是犯人還沒有得到任何制裁，眞的就是老天無眼啊。」

這個意思榮德不只聽得懂，還百分之百認同。

「託你的福，」法師說，「這些年我多了不少客戶，你也知道，這些有錢人大部分找我處理的，就是淨宅。」

所謂的淨宅，就是指那些發生過事故或者是鬧鬼的房宅，請法師去解決，讓房子恢復成乾淨的狀態。

「我們這一派處理的方法，」法師說，「一句話就是循循善誘，正所謂冤有頭債有主，老是用硬的，搞得我們修道之人都像流氓，沒事就在那邊打鬼一樣，那眞的是一種誤解啊！我們這一派做的，就是把這些因爲怨恨出現或滯留的鬼魂，原封不動地送到那些形成這些怨恨的人面前，讓他們自己去解決。」

榮德聽了整個人站起身來，完全認同這個理念。

「有什麼比這樣直接與仇家見面，」法師笑著攤攤手說，「更好化解恩怨呢？讓這些懷著怨恨的鬼魂們，有仇報仇。」

「拜託了，法師！」榮德低下頭求著法師，畢竟除了讓妹妹安息之外，榮德最大的心願，就是讓兇手得到應有的制裁。

「我沒辦法幫你找到兇手，」法師嘆了口氣說，「在這種情況下，我想你應該也不會希望我硬來？畢竟那個是你的妹妹。」

「所以呢？我該怎麼做？」榮德問。

「你如果可以查到是誰害死你妹的，」法師說，「那時候再來找我，我就有辦法了。」

然而這恐怕才是眞正困難的地方。

畢竟就連警方都沒有辦法找到凶手，光憑自己一個人，又怎麼可能找得到？

不過榮德不願意放棄，在證券業打滾多年，或許財富沒有增加多少，但是人脈方面倒是累積了不少。除此之外，因爲需要做研究的關係，對於各行各業的狀況，也比一般人更了解。

榮德只能死馬當活馬醫，他知道一間徵信社，在業界還挺有名的，很多大老闆或者官夫人，類似找私生子這種比較棘手的事情時，都會找上這間徵信社。雖然這間徵信社要價不斐，不過在妹妹大學畢業後，榮德在經濟方面比較寬裕，爲了妹妹的未來，也提撥了一筆錢，準備當妹妹未來結婚時可以使用。如今妹妹去世，這筆錢剛好就成爲了尋凶基金。

原本也不期待，就當作賭一把，畢竟台灣跟其他國家不同，私家偵探這行業並不興盛，主要這種刑事案件，還是靠警方辦案爲主。所以也沒抱太大的期望，誰知道還不到一個月的時間，對方就已經拿著資料上門了。

而對方所提供的正是高靜恩一家人的資料。

「目前最有嫌疑的就是這一家人，」徵信業者告訴榮德，「證據方面恐怕不夠完全，但是這家人確實極有可能就是迫害你妹的凶手，這點我們還算十拿九穩。至於資料的來源，請原諒我們不能透露。」

當然，對於如何對付凶手，榮德這邊自有打算，所以得到這個結果，已經十分足夠，只要能夠有十拿九穩的把握就可以了。

有了可能的凶嫌，榮德這邊立刻聯絡法師，這一次換成法師來到了榮德家。只是缺少可靠的證據，多少讓榮德還是有點疑慮。

「因爲沒有證據，」榮德提出自己心中的疑慮，「警方可能也沒辦法，所以我想要問的是，如果他們不是凶手的話……」

「不用擔心，」法師說，「如果不是凶手，把你妹送到他們面前，也不用想太多，就像我說的，冤有頭、債有主，又不是抓交替，見人就上。」

聽到法師這麼說，讓榮德鬆了口氣。

「好了，」法師說，「接下來的東西很關鍵，我需要你妹妹的遺物，而且還必須要是妹妹上吊時身上穿戴的東西。」

聽到法師這麼說，榮德就頭大了。因爲當時妹妹所穿的衣服，是她最愛的一套洋裝，在喪禮的時候，連同其他妹妹平常喜歡的一些衣服，一起火化給了妹妹……

「啊！」

榮德這時候突然想到了，還有一個東西當時穿戴在妹妹身上，確實沒有火化，那就是當時從妹妹臉上取下來的口罩。

當時也不知道怎麼了，在急救時，醫生取下口罩，將它放在盤子上，自己就這樣把它拿在手上，最後也帶回家了。

或許在那當下就是想要抓著妹妹的東西，讓自己狂亂的心情可以安定一點，結果口罩帶回來後，榮德也捨不得丟掉，就放在妹妹房間裡面的抽屜。

於是榮德立刻跑到妹妹房間，打開抽屜，果然那個口罩還收在裡面。

經過這些時間，血跡早就乾掉，外觀看起來就只是一個染色不均的暗紅色口罩。

榮德拿著口罩回到客廳問法師：「口罩可以嗎？」

看到口罩，法師有點愣了，尤其那口罩看起來不像是天生是紅色的，色塊分布有點不太規則。

「不好意思，那上面的……」

「是我妹妹的血。」

……沾有大量鮮血的死前遺物。

這輩子作法，還沒有遇過那麼強烈的東西，更沒有遇過這樣的配件。

其實接下來的這個術法無效，幾乎都是這個環節出問題，因爲東西與靈體之間的連繫不足，光靠遺物有時效果不佳，因此後來才會說最好是死時所穿戴的東西。尤其是像這樣沾血的物品，從經驗上來說，更是具有奇效。除此之外，就是這個配件本身……

「沒、沒有別的東西了嗎？」

過去多半都是法師這邊覺得東西不好，但是這一次反而是法師嚇到了。

榮德無奈地搖搖頭說：「當時妹妹身上的東西，喪禮的時候都已經火化了，眞的只剩下這個了。」

猶豫了一會，法師心想：「這恐怕也是命吧。」

「好吧，」法師無奈地說，「那就這樣吧。我先稍微解釋一下好了，鬼魂回到人間，有兩種形式：一種是還魂，一種是返魂。還魂就是整個活回來，回到人世間；返魂則是短暫回到人世間，就好像殭屍那樣。」

榮德似懂非懂地點了點頭。

「但是殭屍有屍、怨靈無體，」法師接著說，「若要顯靈，就需要親人的陽氣，來打開這扇陰陽兩界之門，就好像招魂，需要親人的呼喚，指引方向，而要讓你妹妹回來報仇，也需要親人幫忙吹開這扇門。」

榮德看著法師，緩緩地點了點頭。

「一般來說，」法師說，「如果是衣服或其他飾品的話，你需要對它呼氣，就好像你在擦玻璃那樣，每天照三餐一直呼，需要連呼七七四十九天，效果就看你呼得多勤。我師父形容，就好像你在吹開那扇陰陽兩隔的門一樣，每吹一口氣，門就開一點，吹得越多，門開得越大，那力量過來就越強……」

說到這裡，法師面有難色地看了口罩一眼。

「我這輩子，」法師面有難色，「還沒看過，比這東西……更適合的了。」

「我會四十九天都戴著它。」榮德咬牙切齒地說。

結果接下來的四十九天，榮德眞的都戴著這個口罩，光是呼吸就已經等於在對那扇門吹氣，這效果光是用想像的，就已經讓法師覺得不寒而慄了。

四十九天期滿，法師再度上門，榮德還是戴著那紅色口罩。

在法師的指示之下，榮德脫下口罩，口罩後的臉是長滿鬍子的臉。因爲這段時間，連剃鬍子的時間榮德都不想浪費。

而就在拿下口罩的那個瞬間，法師彷彿看到了一張巨大的臉，隱隱約約浮現在榮德的身後，讓曾經鬼裡來、鬼裡去的法師，都忍不住頭皮發麻。

因此法師趕緊拿出已經開光過的夾鏈袋，把口罩給裝起來，並且將封口封好。

「可以了。」法師說，「接下來就看你的了，只要你能在她的仇家前，打開這個夾鏈袋，剩下的……就交給妹妹了。」

看著手上的夾鏈袋，終於在經過了這麼長的時間以來，可以踏上自己的復仇之路，讓榮德的臉上，浮現出滿意的笑。

7. 痛哭著笑

時間回到何榮德被綁在手術台之際——

坐在榮德的身邊，看著仍陷入昏迷的榮德，高靜恩心中眞的很不捨。她從來沒有想過，自己竟然會對一個人擁有這樣強烈的情感。

回想起這一年，榮德對自己的好，好到讓靜恩覺得自己不配擁有的地步。然而這樣的好，一開始確實讓靜恩感到無比的幸福，但是時間一長，反而出現了另外一種出乎意料之外的情緒——恐懼。

靜恩發現自己感到恐懼，害怕會失去這樣的好，擔心會失去榮德，她了解到如果榮德離開了自己，自己恐怕永遠沒有辦法找到另外一個人，可以像榮德這樣包容與愛護自己，自己也將永遠無法從這樣的打擊中恢復。

她需要一個可以將榮德永遠留在自己身邊的辦法，而偏偏他們家確實有這樣的辦法，因此靜恩到頭來，還是敵不過內心的恐懼，順從了家裡人的安排，要求榮德到自己家作客。她相信了雙親的說法，認爲只要把榮德變得跟自己一家人一樣，榮德就會永遠無法離開。

在靜恩的要求之下，家人們在手術之前，給了靜恩一點時間，讓她可以跟榮德好好聊聊。

有了上次的經驗，這一次靜恩與她的家人們，不會再犯下同樣的錯誤，所以即便讓榮德醒來，多少有點風險，不過手術台上面的扣環，可以確保榮德絕對沒辦法像上次那個女孩一樣逃跑。

靜恩就這樣等了一會，榮德因爲藥效漸退而醒來。靜恩將自己心裡練習許久的話告訴榮德，但是榮德沒有辦法給予什麼回應，到頭來只有要靜恩將自己口袋的東西拿出來。

只是靜恩做夢也沒想到，口袋中的那個紅色口罩，有著榮德這一年來念茲在茲的復仇大計。

夾鏈袋滑開的同時，一股氣體從裡面衝了出來，力道之大甚至逼得靜恩撇過頭去。

等到靜恩回過頭來，立刻就發現了一個恐怖的身影，浮現在自己的面前。這個身影靜恩一點都不陌生，因爲眼前這個女孩，正是那個當年曾經逃走、那個他哥哥很喜歡的女孩。

就是因爲哥哥喜歡她，才讓她有機會逃走。

看到女孩突然像鬼魅般現身，臉上還掛著一抹扭曲到難以置信的恐怖笑容，讓靜恩嚇到頭皮發麻，立刻放聲尖叫。

靜恩的家人聽到了尖叫聲衝了進來，結果都看到了那個熟悉的女孩，站在眾人的面前。

他們一家人終於知道，那女孩回來了。只是這是多麼恐怖的事情啊？

因爲從新聞上面，他們知道那個女孩已經上吊自殺了。

不過在眾人感覺到萬分恐懼之際，有一個人卻與眾人有著完全不同的情緒，那就是靜恩的哥哥。

儘管過了幾年時間，靜恩哥哥還是十分思念眼前這個女孩，如今又再度看到她，眞的讓靜恩哥哥整個人都傻了。

即便女孩已經變得如此恐怖，因爲上吊而上揚的嘴角，宛如地獄來的妖怪一般，但是靜恩哥哥還是爲她心動。

這些年來習慣戴著人皮口罩，也習慣了沒有下半部臉皮的自己，讓靜恩哥哥審美觀也跟著扭曲了。

對他來說，下半部的臉根本不重要，因爲只要有人皮口罩就可以搞定了。因此對靜恩哥哥來說，眼前的女孩跟手術前沒什麼兩樣。

「妳……終於肯回來了嗎？」靜恩哥哥愣愣地問，並且一步步朝女孩靠過去。

看到這景象，在場的其他家人都嚇傻了，立刻出聲喝止。

「不要過去！」靜恩媽媽叫道。

不過這聲提醒來得太晚了，哥哥還沒走幾步，女孩迎上前，朝著哥哥的臉部一抓，哥哥瞬間就好像被人揮了一拳一樣，頭一撇，所有人看到這一抓的結果。

靜恩哥哥整張嘴都被撕爛，原本就因爲多次手術之後，變得異常單薄的臉頰，整個被撕了下來，露出了滿排牙齒，就好像骷髏頭那樣。

看到哥哥的慘狀，讓所有在場的人都嚇傻了，每個人嘴裡都發出了音頻不等但音量差不多的尖叫，整個場面瞬間亂成一團。

好不容易回到人世間，有機會可以報仇，女孩當然不會放過，一個接著一個，將這一家人的臉皮活生生撕下來，以其人之道還至其人之身。

不過短短不到一分鐘的時間，所有人就這樣被女孩一一撕去了臉皮之後，都倒在了地上。

在最後一個被活生生撕下整張嘴的靜恩軟倒在地上之後，榮德手上的扣環也突然自己彈開。

女孩在動手的時候，榮德完全看不到，只能聽到一些聲音，不清楚發生什麼事情。

如今四肢的扣環被解開後，榮德終於可以自由活動了，藥效也退得差不多，勉強支撐坐起身來，就看到了滿地都是血的慘狀。

這下榮德有點頭痛了……

妹妹做得太過火，結果導致所有人都被撕爛了嘴，要善後就有點困難了。

本來還以爲妹妹會跟電影中那些鬼魂一樣，讓他們心臟麻痺之類的，誰知道竟然是直接這樣動手。

只是榮德不知道的是，這一切都拜自己與那個血紅口罩所賜，才讓妹妹有這樣強大的力量，可以直接傷人。

雖然說就算最後眞的被警方以殺人罪逮捕，榮德也不會後悔，不過現在還有機會。

榮德環顧了一下四周，注意到了在牆角的發電機旁邊，擺著幾個塑膠油桶。

榮德走過去，拿起油桶，裡面還有滿滿的汽油，這應該是爲了要讓發電機運作所準備的柴油。

有了汽油之後，榮德腦中自然浮現出一個簡單又完美的計畫。

榮德將裡面的汽油倒出來，灑在四周，這時一個微弱的聲音傳入了他的耳裡。

朝聲音的方向轉過去，靜恩就躺在那裏，虛弱地看著自己，原來靜恩還沒有死。

「救……我。」靜恩哀求著。

榮德面無表情地走了過去，冷冷地將汽油倒在靜恩的身上，揮發性的液體碰到了靜恩的臉，頓時讓她劇痛難耐，放聲哀號了幾聲之後，就暈過去了。

這就是榮德最後所能給予的慈悲了，這樣至少等等燒起來的時候，她可以少點痛苦。

結果正準備點火的時候，榮德發現除了靜恩之外，其他幾個家人也都只是失去行動能力，並沒有眞正死去，還有些氣息。

這下榮德反而有點不解了，妹妹爲什麼會留這些人一條命呢？難道妹妹不是眞心想要殺這些人嗎？那自己是不是也不應該燒死他們？

而就在榮德這麼疑惑時，眼前突然浮現出妹妹的身影，跟剛剛出現時上吊的模樣完全不同，而是過去自己記憶中妹妹居家的模樣。只見妹妹緩緩地搖搖頭，然後下巴努了努桌上的打火機，想了一會之後，榮德才會意過來。

如果殺了他們之後才點火，那麼透過驗屍，就會發現他們是在火災之前死亡的，如此一來自己認爲的完美計畫，還是百密一疏，但是現在他們在下半部臉皮與肌肉都完全喪失的情況之下，即便微弱的呼吸，也可以讓大量濃煙侵入他們的肺部，如此一來就眞的是在火災之中喪命。

榮德拿起桌上的打火機，再次望向妹妹那邊，妹妹已經消失不見。

榮德不再猶豫，立刻點火。大火瞬間引燃，也照亮了屋內原本昏暗的環境，這時榮德看到了妹妹的口罩，一把抓起口罩就逃出屋外。

在大火熊熊燃燒之際，榮德握著妹妹的口罩，先是愣愣地看著大火，接著突然放聲狂笑了出來。

但是笑著笑著，淚水也瞬間湧了出來，到最後彷彿是痛哭一樣嚎叫。

在歷經千辛萬苦報了仇後，就連榮德自己也分不清楚，自己到底是笑著痛哭，還是痛哭著笑了？

8. 溫柔的笑

清脆的鈴鐺響聲，讓榮德回過神來，眼眶裡面堆積的淚水，也因此流了下來。

對他來說，過去這一年就有如煉獄般痛苦。

這將近一年的時間裡面，有很多機會榮德都可以親手掐死靜恩，不過他知道他需要等待，等待靜恩將自己帶回他們家中，如此才能確保所有的仇人，都得到應有的制裁。

只是這段時間對榮德來說，眞的比起越王勾踐臥薪嘗膽還要更加痛苦。

過去曾經聽人家說過，愛有多深、恨就有多深，但是這種幾乎都是指由愛轉恨，沒有人是像榮德這樣，從恨轉變成愛的，當然這邊的愛，不是那種眞心的愛，而是拚了命地對她好。

只要心中想要一拳打在她的臉上，榮德就用吻來代替，想要一腳踹死她，就買禮物給她，這一年來榮德就是用這種幾乎變態式的轉換，來折磨著自己，保持著心中的怒火，不然這一年正常人根本不可能走得下去。

結果這一年來，榮德成爲了人人欽羨的好男友，更成爲了靜恩心中無法割捨的存在。

現在心願已了，妹妹也終於可以踏上輪迴轉世之路了。

榮德站在妹妹的墳前，將紅色口罩火化，要妹妹安心上路，重返輪迴之路。在法師的頌經之下，紅色口罩燒起來，在煙霧之中彷彿看到妹妹身影的榮德，臉上終於浮現出這一年來，靜恩絕對不曾真正見過的——溫柔微笑。

而遠處一個身影靜靜地看著這一切，這個身影就是先前在偵訊室裡面，負責偵訊榮德的兩個警員之一，劉兆銓。

兆銓一直靜靜地在遠處看著這場法事，而目光的最後，也停留在哥哥那充滿愛意的溫柔笑臉之上。

9. 輕蔑的笑

發生在去年轟動一時的刺警案，今天有了初次審判的結果。

初審的結果引起了一片譁然，導致一整天所有新聞頻道，都在反覆播報與探討這個判決。法院宣判凶嫌因罹患了思覺失調症的關係，所以獲判無罪。

分局的休息室裏面，氣氛十分低迷，所有人看著電視，聆聽著主播說著這荒唐的事情。

「幹！垃圾！」其中一位同僚這麼咒罵道。

其他同仁也看不下去，紛紛站起來走出休息室。

確實這樣的判決，最直接打擊到的就是第一線拿命去拚的警員，誰也不敢保證，這樣的事情不會發生在自己的身上。

既然從事這個行業，本來就會有這樣的風險，這些大家當然都了解，但是最後卻連一點公道都沒有，不管是誰都沒有辦法接受。

轉眼之間，整間休息室裏面，只剩下劉兆銓一個人，還坐在原位，看著電視。

雖然說雙眼盯著電視，但是兆銓的腦袋卻已經轉到了別的地方。

兆銓知道，問題不在判決。

明明不管是誰，都會對這樣的判決，充滿疑惑與不解，但是討論個一下之後，就這樣過去了，沒有任何人試圖做出改變。

就好像去搭捷運的時候，即便人滿爲患、已經到了人擠人的地步，還是常常可以看到那空著的博愛座沒人要坐的可笑狀況。

荒唐的情況就在眾人的眼前，但是眾人卻用一種習以爲常的態度，去面對與接受它。到頭來就連兆銓自己都搞不清楚，到底荒唐的是這些現象，還是把它當成習慣的大眾。

以今天發生的事情爲例，不需要什麼預知能力，他也知道，接下來在大家一片罵聲之中，法官會先出來，學法律的會出來，告訴你們法官沒有錯，因爲被告有什麼人權狗屁，我們法律就是這樣定的。

接著醫生們會出來，告訴你們尊重專業，不要質疑醫師們的判斷，即便他們所謂的專業，就是連醫治這種疾病的能力都沒有，只告訴你們他是患者，還是能夠大聲疾呼，要大家尊重他們的專業。

最後，就是最讓人笑掉大牙的，就是一些總是喜歡發表特立獨行、裝模作樣觀點的社會觀察家，出來告訴大家，錯不在這些人身上，而是這個社會的問題。

然後，犯人無錯、法官沒錯、醫生專業，錯的就是我們這些被殺的，乖乖活在這個社會上的人，因爲你們沒有多多關懷身邊的人，沒有足夠的制度，讓所有人都不想違法……

這是什麼鬼啊？

一開始或許兆銓還能夠這樣質疑，但是時間久了，看見的事情多了，他現在連反應都沒有了。

因爲他知道，這個社會就這樣接受了，這種荒唐又好笑的說法，虛僞又違背道義的看法，已經成爲所謂的「主流價值」。

除非接二連三發生那些被害者家屬，開始獵殺那些輕判的罪犯，或許才能夠成爲這些荒唐事件的警鐘，開始讓大家思考著該不該改變。

是的，社會總是需要麻痺的等待悲劇發生，才有可能稍微喚醒早已經麻木的人們。

所以兆銓等著，希望這樣的事情可以快點發生，讓這個早就已經扭曲的社會價值，得到一點撥亂反正的機會。

因爲他知道，每一個對犯罪者的輕判與縱放，都是對被害者更大的傷害。

這等於間接告訴被害者，你們不配得到公平與正義，你們的人權完全沒有在我們的考慮之中。

而原本兆銓也跟其他人沒什麼兩樣，他也在罵聲中，逐漸麻痺自己的心，因爲說到底，眞的就是「事不關己、己不操心」。

不過卻出現了一個契機，讓兆銓有機會改變這樣的情況。

幾年前兆銓也曾經是協助剝皮魔案的警員之一，那年剝皮魔案有了重大突破，一個女孩從對方的手中逃出，不過由於被下藥的關係，以及下半部的臉部被人扒下來，導致她逃得很混亂，對於現場以及犯罪人的描述，十分模糊。

那女孩只知道對她動刀的人，是一個笑起來很恐怖的年輕男子。

不過光是這個證詞，已經足以讓警隊動用全部的力量，調閱並且釐清案發現場周遭的監視器。基於證詞的關係，警方這邊，專注在隻身犯案的男子身上。當時兆銓就是支援負責釐清這些監視器畫面的警員之一。

雖然上頭已經指示，要全面徹查所有在監視器畫面中的獨身男子，不過有幾個彷彿是一家人的身影，卻讓兆銓感到懷疑。不過因爲不符合被害者所描述的對象，沒辦法上報。

最後徹查了所有單獨出現在監視器中的男子，警方仍然一無所獲，而那一家人的模樣，仍然浮現在兆銓的腦海之中。

於是，兆銓獨自追蹤那一家人的行蹤，一路追蹤到了他們家。

確定了住址之後，兆銓展開調查，發現這一家人，是長年居住在北投的高家，目前一共有家長兩人跟兩個小孩。

隨著兆銓的調查，很快就發現這家人有一些異於常人的地方，其中一個就是母親有頻繁進出整形診所的紀錄，頻繁的程度絕對足以吸引任何調查人員的注意。

於是兆銓找上了曾經爲高太太動刀的整形醫師，提起這家人，整型醫師也很有印象。

「顏面神經不完全導致的面癱。」整形醫師簡單地告訴兆銓，「雖然說透過手術可以稍稍改善這樣的情況，但是效果對方不滿意。結果換了好幾家診所，一次又一次動手術，動到後來沒有醫生敢幫她動刀。」

透過整形醫師所提供的照片，兆銓看到了一張因爲過度整形，而變得有點怪異的下半部臉孔。

「最後我很直接跟她說了，」整形醫師冷冷地說，「她需要的不是整型，而是心理醫生，我覺得她根本已經心理不正常了。」

「結果呢？」

「她大暴走！」整形醫師說，「還威脅我要把我的臉皮扯下來，看我還笑不笑得出來！」

聽到整形醫師這麼說，兆銓終於知道到底是什麼東西吸引了自己的目光。

那就是在監視器的畫面，明明畫面不是很清楚，但是詭異的是，唯一看得清楚的就是他們一家人的「笑」。就是那個笑讓兆銓感覺到不對勁，甚至覺得很可疑。

「我不是在損她，」整形醫師接著說，「而是就專業方面的說法，雖然我不是精神專科，但是不需要太大的專業，也可以知道她精神方面有問題，而且不只有她，他們一家人看起來都不太對勁。這也是後來我決定不幫她動手術的原因之一。」

精神有問題……聽到整形醫師這麼說，兆銓感覺到內心彷彿被人重重的一擊。在接手這個案件之前，兆銓跟同事們聯手破獲的那起殺人案，最後凶手就是以「精神耗弱」獲得了輕判。

因此聽到這樣的結果，代表著就算凶手是這一家人，很可能到頭來也完全不會受到法律的制裁，不，甚至受到法律的保護。

在監視期間，兆銓有拍下一家人的照片，其中那家的大兒子，很可能就是被害者口中的擁有恐怖笑容的男子。

雖然覺得十分沮喪，但是兆銓還是決定將大兒子的照片，拿給那個唯一逃出的女孩看看，看能不能指認出來。

在前往何家的路上，兆銓內心眞的很痛苦，他還是不懂所謂的精神異常，爲什麼可以當作人權的一環，讓這些令人髮指的罪犯逍遙法外。

他是眞的不懂，如果把殺人的行爲當成是一種異常的行爲，那麼所有殺人的人，精神方面都可以說是有問題的，不是嗎？

既然如此的話，那又何必有殺人罪呢？到頭來誰都可以教化，不是廢話嗎？孔子就說過有教無類了，但是你找不到活著的孔子啊！

就這樣帶著忿忿不平的心情，兆銓來到了何家，結果在家門前，兆銓看到了穿著制服的警員。

那唯一的生還者，已經上吊自殺了。

失去了這個唯一的生還者，意味著沒人可以指認。

而這起案件也在這裡打住了，不是眞的查不下去，而是兆銓自己也不知道這樣查下去，到底意義在哪裡。

如果到頭來法律都只是放走人，自己不是多此一舉？

就好像牧師懷疑上帝是否眞實存在一樣，這時的兆銓，也陷入信仰危機。

過了一段時間，一個跟兆銓交情很好，雙方合作過幾次的徵信業者，突然打了通電話給兆銓。

「銓哥，」對方這麼告訴兆銓，「你不是在偵辦剝皮魔的案子嗎？」

「怎麼了？」兆銓很快反應過來，「你有什麼線索嗎？」

「不是，」徵信業者說，「是其中一個被害人的家屬，找上我們，希望我們可以幫忙查一下凶手。」

就在兆銓茫然不知該怎麼做的時候，這通電話給了兆銓一個契機，而兆銓也確實把握住了，他將自己所懷疑的那一家人資料，交到了徵信業者手上，透過他們，給了那位被害者家屬。而這位被害者家屬，正是何榮德。

只是當下兆銓根本不知道，事情會如此順利，一年之後，何榮德眞的親手除掉了這一家人。

雖然兆銓不知道何榮德是如何做到的，不過對他來說，一點也不重要。相比今天的新聞這起無罪的判決，更讓兆銓意識到，這才是事情該有的結局。

這時兆銓的搭檔老謝，走進了休息室。

老謝來到了兆銓面前，面無表情地對自己的搭檔說：「可以聊聊嗎？」

兆銓點了點頭。

「我剛剛查到一個很意外的情報，」老謝說，「那個何榮德有個妹妹，就是三年前剝皮魔案的被害者。雖然逃了出來，成爲了這起事件唯一的生還者，但是最後還是上吊自殺了。」

「……是喔。」

「我懷疑事情沒有那麼簡單，」老謝說，「我不相信會有那麼巧的事情，哥哥在妹妹死後交了一個女友，剛好就是害死妹妹的一家人，這你相信？」

兆銓抬起頭來，挑起眉說：「你有證據嗎？你不只要有他是爲了幫他妹妹報仇的證據喔，你還要先有證據證明他們那一家人就是剝皮魔的證據。不要忘記了，我們現在之所以可以認定他們一家人就是剝皮魔，就是建立在他的證詞上。如果拿掉了他的證詞，我們只憑他們家發現的人皮口罩，就想要證明他們是剝皮魔一家……這官司有得打了。」

「你這話什麼意思？」老謝不悅。

「就這個意思啊，」兆銓不以爲然地攤著手說，「這樣的結果不是很好嗎？不管那小子是不是爲了幫妹妹報仇，到頭來他也是受害者，他們一家人也算是罪有應得，他也算是幫了我們，甚至整個台灣社會一個忙，不是很好嗎？」

「你瘋了嗎？」老謝怒斥，「你說這話還有資格當警察嗎？」

被老謝這一斥，兆銓惡狠狠地瞪著自己的搭檔。

「其實我對你會這麼說，還眞他媽不感到意外，」老謝說，「說眞的啦，我其實也不在乎他是不是要報仇，我更在乎的是……」

老謝從資料夾中，拿出一份文件。

「我查過當年這起案件的資料，」老謝將文件舉在手上說，「當時有人確實有人爲這一家建檔，有人懷疑過他們一家人，但是後來就沒有下文了。」

兆銓只是靜靜地看著老謝，因爲既然老謝已經看了檔案，自然也會知道，建檔的人是誰。

果然下一秒鐘，老謝指著兆銓叫道：「建檔的人就是你！」

面對老謝的指控，兆銓沒有半點否認的意思。

「另外我也調了那小子的資料，」老謝說，「發現他曾經匯款給一家徵信業者，如果我沒有記錯的話，那是跟你關係很好的徵信業者。所以根本就是你把資料給那小子，讓他接近他們一家人。」

看到兆銓似乎完全沒有意思想要辯解，讓老謝怒火中燒。

「你以爲你是正義嗎？」老謝咆哮，「這是私刑！你不要以爲這把火不會燒到你自己，你這是拿自己的命在開玩笑。」

即便老謝激動萬分，但是兆銓卻仍然氣定神閒，他根本不在乎老謝知道，因爲這些他根本沒有證據，而且就算眞讓他找到證據，頂多也只是洩漏情報，這種無關痛癢的事情。

因爲到頭來，他本來就沒有指使對方做過任何事情，這就是這整起事件最美妙的地方。

於是面對自己搭檔老謝的質問，兆銓也只是冷笑。

看到自己的搭檔是這個態度，讓老謝氣到甩門離開。

兆銓無所謂地站起身，來到了自己的置物櫃前。

打開置物櫃，看著裡面躺了好幾個月的信。

兆銓知道，是時候該遞出這封信了。

面對不公不義，大家總是義憤塡膺，不過實際上的動作，卻有著天壤之別。

大部分的人都嘴巴罵罵就算了，不會想要有任何的動作，但是兆銓並不是這樣的人，就是因爲這樣，才會投身警隊的行列，爲的就是可以親手剷平這樣的不公不義。

但是如今看來，是自己太過天眞了。

所謂的法律，其實就是當今權力者所制定的遊戲規則。

就拿大清爲例，大清的法律絕對沒有一條允許讓國父革命。換言之，在那當下，國父的行爲本身就是個違法的行爲，他本身就是個犯罪者。這就是所謂的「成王敗寇」，過去的歷史哪一段不是這樣？

每一個朝代，法律都不一樣，但是卻有一點不曾改變——那就是累積太多民怨，到頭來終究會遭到反撲。

當世道不再公道，私刑必將崛起——這才是千年不變唯一眞正的公理。

想到這裡，兆銓拿出了信，臉上也浮現出一抹笑意。

這是對於當今這宛如僞君子般，整天只喊著人權，卻要人民自己想辦法自保的虛僞善良，感覺到不恥所發出的輕蔑之笑。

10. 瘋狂的狂笑

對街，一個男人囂張地走在路上。男人有著一臉橫肉，走起路來外八的雙腳肆無忌憚地向前甩，一副無法無天的模樣。然而只要認識這男人，就可以了解所謂的「無法無天」恐怕不是形容詞這麼簡單。

這男人已經殺過了兩個人，但是總共加起來的刑期，以及他實際上坐過牢的日子，還不到三年。

躁鬱症，這就是男子的免死金牌，更是他橫行的特許證明。

這男人從小就是社區裡面的頭痛人物，幾乎所有人都被他騷擾過，但是卻沒人敢起身抵抗，因爲誰都知道，先不論打不打得贏，光是這場仗就已經是場絕對不平等的戰爭。

打贏你得坐牢，承受千夫所指，打輸你得自認倒楣。

只要有點理智的人，都不會選擇這樣的架打。

因此，即便躁鬱症可以獲得控制，這男人也絕對不可能會收斂。

這點法官看不到，因爲他永遠只知道看著卷宗，讀著死死的文字，聽著醫生天花亂墜的敘述，但是他絕對不會住在這個社區，絕對不懂這些居民的苦痛。

但是……「他」懂。

那雙從對街一直緊緊盯著男子的雙眼，非常了解這整件事情的荒唐。

「他」戴著帽子，穿梭在人群之中，緊緊跟著男子。

帽子遮住了「他」大半的臉，只剩下半部的嘴依稀可見，此刻揚起一抹燦爛的笑。

「他」跟著對方，一直走到了一條巷子之中，「他」知道自己動手的時機到了。

在實際上跟著對方之前，「他」早就已經打探好這附近的狀況，拜前職業所賜，「他」對於這區域瞭若指掌，知道現在是最佳的動手時機與地點。

因此早在男子轉入這條巷子之前，「他」就已經加快腳步，縮短兩人間的距離。

在確定沒有任何其他人後，「他」加快腳步，來到了距離男子伸手可及的範圍。

「他」掏出了一把利刃，一直到現在為止，男子都沒有察覺這一路跟著自己的「他」。

掏出刀子之後，「他」一個箭步襲向男子，手上的利刃也立刻刺下，準確地從側面刺入男子的喉嚨，動作熟練就像是個訓練有素的殺手。

男子這時才知道自己被人襲擊，但是卻爲時已晚，被割開的喉嚨頓時噴出鮮血。

鮮血濺上了「他」，但是笑容卻絲毫未減。

刀子收回來的同時，「他」也跟著轉身，然後朝著反方向走去，腳步不疾不徐，留下那發不出哀號聲的男子，用手拼命摀著自己的傷口，但是鮮血卻仍然從他的指縫，淌淌而流毫不停歇。

下手的「他」來到了附近的公園，在沒有任何人注意的情況之下，躲進了公園裡面掛著「維修中」的廁所，那是「他」在行動前特別掛上的牌子。

「他」開始清理留在自己身上的證據，透過鏡子，注意到了自己那燦爛的笑容濺有鮮血，於是伸手將「笑容」給取了下來。

鏡子裡面拿下了笑容的「他」，終於露出了自己原有的面貌，「他」是劉兆銓，不過現在的「他」，已經不再是個警員了。

幾個月前他離開了警隊，因爲他已經決定好自己接下來要走的路。

這些年來，他一直問自己，如果法律不再代表正義，那麼自己身處在執法的最前線，自己變成了什麼？邪惡的走狗？犯罪集團底下最低階的車手？

這些疑惑的答案讓他決定辭去自己這輩子最看重的工作，踏上自己認爲最理想的道路。

與其作爲這些荒唐事件的最前線，他寧可當作那個敲響警鐘的人，即便這將注定成爲一個萬惡的罪人。

在他離職前，特別從證物中取走了那家人的人皮口罩。

比起先前爲了迎合這個口罩，而連肉都挖掉的那一家人來說，兆銓戴上口罩，只要仔細看就可以看得出破綻，但是在這樣的昏暗夜晚，很難看得出來。

低頭洗著自己手上的鮮血，剛剛那一刀刺入頸部的手感，還殘留在自己的雙手上。

他可以清楚感覺到體內的腎上腺素正在活躍著，導致他現在整個人有種輕飄飄的感覺，這種感覺過去自己也曾經體驗過，那是自己第一次以警員的身分，將一個毒販逮捕後感受到的。

兆銓不知道已經多久沒有這樣的感覺，尤其是在經歷過許多次，自己與同僚千辛萬苦才逮到的犯人，到了最後都被法院高高舉起、輕輕放下。

到頭來那種無奈與悲哀，遠遠高過於成就感，自然也不會再有這樣的感受了。

或許台灣還不至於到犯罪者的天堂這種地步，但是兆銓相信至少朝著這方向在前進了。

尤其是前幾年有太多海外被逮捕的詐騙集團，千方百計也想要回來台灣受審，大概就知道，連犯人都知道要回台灣才是最划算的，但是不管是民眾還是政府，都沒人真正有所行動。

要解決台灣詐騙橫行的問題，真的簡單到一個法案就可以解決了，只要被抓到的詐騙集團，必須要吐出所有詐騙的金額，如果還不出來，就在牢裡工作一天折抵一千元。絕對可以遏止現在猖獗的詐騙集團，畢竟隨便騙個一千萬還不出來，就需要多坐三十多年的牢。就算他白痴到一定還是要騙，一生頂多給他騙兩次。

但是卻沒有半個人提出可以修改這樣的法案，甚至是試圖改變這樣的情況。所以他希望，自己的行動多少可以讓這條通往犯罪天堂的道路有轉折的機會。

兆銓從口袋中掏出一張紙，然後從紙上將剛剛那男子的姓名一筆畫去。這些都是他在職期間蒐集到的情報，都是些利用精神病爲名，逃過一劫的犯罪者名單。

是時候該有人做出一點抵抗與貢獻了。

就是因爲這樣，兆銓才會做出這樣的決定，爲這個社會進行一場淨化的運動。

當然，那些在院治療，眞正的精神病患，他可沒有興趣。

他眞正的目標，只有那些明明用精神病來逃過一劫，但是卻在審判過後，立刻變回「正常人」的傢伙。

只要每個月回診，然後拿些藥後，又開始他的逍遙人生，這些人就是兆銓的目標，也是今天晚上那個被他一刀封喉的男子，日常生活的寫照。

一想到今天的社會，因爲自己的行動而變得更加安全與美麗，讓兆銓的內心感覺到激動，跟當年自己第一次執法時，所產生的興奮一樣。

他緩緩戴上了口罩，臉上頓時浮現一抹燦爛的笑容。

「無罪的罪人們啊，你們就好好等著我的到來吧！」他在心中這麼吶喊著。

由瘋狂誕生出來的瘋狂，到頭來反噬瘋狂，這是多麼瘋狂的事啊？

不需要鑑定，他也知道，自己這樣甜美的想法有多瘋狂。

就算有一天，眞的被過去的那些同僚所抓，自己會跟那些人一樣，要求精神鑑定，說不定很快就可以被放出來。

在這荒唐的循環中，這是唯一一件最合理的事情。

在月夜之下，兆銓口罩裡的嘴也不自覺地狂笑了起來，然而在本來就已經是笑臉的臉上，浮現出來的卻是宛如奪命彎刀般，屬於瘋狂殺人魔才有的——瘋狂的狂笑。

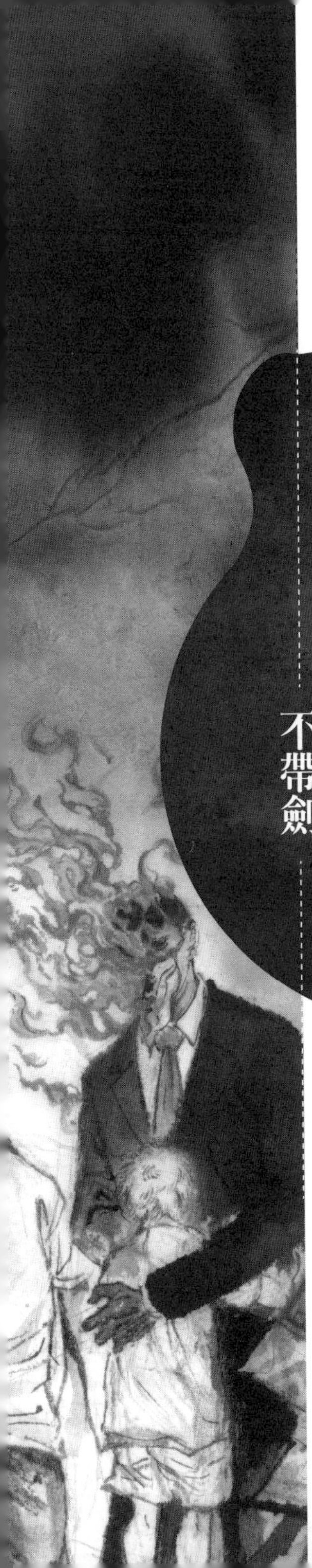

第三篇

口罩

不帶劍

1. 兒子

沉潛多時的蟬聲，點燃了夏季的開端。校園裡林蔭葉木，藍天白雲，綠是生命的顏色，卻壓抑在憂鬱的藍天之下。

聽說蟬的一生都藏在土裡，只爲了一個夏天的綻放。

十七年蟬，牠必須在地底生活了十七年，才能羽化成蟲，看見炙熱的陽光。成爲一個高中生也要十七年，才能迎來人生中最壓抑的時期，最需要被點燃的年齡。

如果能夠遇到一次火焰，引爆的青春會是什麼絢爛模樣？

莊齊偉不知道，窗外的藍綠風景都與他無關，鏡頭從校園縮小成灰黑的建築物，再縮小進悶熱的教室，日光燈之下，木頭課桌椅之上，就是他所有的生活。

「王淳凱，56分……鐘裕明，47分……蔡恩瑞，61分……」戴著厚重金框眼鏡的數學老師站在講台上，皺眉發放這次模擬考的考卷，班上同學一個個上前領取，紅色的分數就像高中生唯一的臉孔，一路看下來卻每個都面目可憎。

「莊齊偉，87分。」老師終於露出笑容，將考卷遞給莊齊偉，「表現不錯，繼續加油！」

班上同學紛紛投以羨慕的眼光，莊齊偉的身體卻依舊緊繃而僵硬，分數比自己預期低了一些，他正急著在心裡盤算這次模擬考的校排名會不會掉到十名之外。

指考前倒數第二次模擬考，他不敢想像爸爸收到成績單後的失望表情。

「辛苦一陣子，幸福一輩子。」爸爸總是把這句話掛在嘴邊，「你從小就比別人聰明，也比別人更努力，只要你堅持下去，考上好的大學，未來你就可以過自己想過的生活。」

「加油！爸爸相信你一定可以！」爸爸輕拍了拍他的肩膀，莊齊偉卻覺得沉重無比。

幾個月前，大學學測成績揭曉，莊齊偉的國文失常考差了，透過繁星或者申請進入第一志願的希望破滅，只能等七月的指考最後一搏。

他永遠記得爸爸當時臉色鐵青，氣得連晚餐都不吃，重重甩上房門。

莊齊偉看著冰冷的房門發愣，自從媽媽過世之後，他不知道已經多久沒有走進他們房間了，他還記得小時候怕黑的他，一直到五年級才願意離開爸媽的房間自己睡，但時不時還會賴皮，半夜偷偷跑去和爸媽擠在一塊，那個曾經充滿他們一家三口歡笑的小天地，現在他卻幾乎想不起裡頭的陳設。

一切彷彿都在媽媽過世後凝滯了，中間充滿了巨大的切口，之前與之後彷彿毫無聯繫，莊齊偉與父親都遺落了非常重要的東西，重要到遺落之後，竟然再也想不起他們到底遺落了什麼。

或許是媽媽離開得太過突然，那個下雨的夜晚，剛升上國中的莊齊偉在補習班門口等不到媽媽來接送，後來他撐著傘，跟爸爸一起到那條大馬路上，媽媽躺在白布之下，家裡的老舊機車破碎不堪，爸爸跪倒在地，救護車與警車的閃爍燈光刺眼，雨一直下，像孤零零的人想要流乾所有眼淚。

後來爸爸變了，身爲公司高階主管的他工作依舊忙碌，加班後回到家中還要負責洗衣、清掃整理等大小家事，壓力與疲勞不斷加深他臉部的輪廓。

「你把你的書讀好就好，這些事爸爸會做。」爸爸拿走他手上的掃把，面容嚴肅地催促他，「去做功課！」

莊齊偉拿著書包關上房門，他和爸爸各自擁有一扇房門，關上父子各自的生活。

好幾年了，小時候父親開朗的面容漸漸模糊，莊齊偉甚至懷疑媽媽過世之後，爸爸是不是就沒有再笑過，他的工作態度嚴謹而努力，深受上級肯定，但莊齊偉有時候忍不住會想，自己對於爸爸來說，是不是也算一件工作——讓他考上理想大學，就是這件工作的短程目標。

放學後，總算從教室釋放出來的學生流向各處：籃球場上飛馳的身影，小吃店裡三五成群的聚餐，廣場前社團的集會活動，但一樣穿著黑白制服揹著深綠書包的莊齊偉，卻一如往常地被排除在任何喧囂之外。今天星期三，不用補習的他打算到麵攤買晚餐回家，吃完飯洗完澡，趕在七點半前開始今晚的讀書進度。

但他發現了背後那個古怪的身影。

大概從他走出校門口不久開始，那個戴個淺藍色醫療用口罩的傢伙就一直若即若離地跟著他，不管是他轉進巷弄，或者穿梭過大馬路口，穿著灰色短T牛仔褲的口罩怪人，始終在他身後維持一個不會跟丟的距離。

街上行人來來往往，莊齊偉突然停下腳步，轉頭走向掩藏在柱子後方的口罩怪人。

原本緊盯著莊齊偉看的口罩怪人，似乎被他的舉動搞得措手不及，一時之間想要掉頭離開也不是，繼續待在原地也不是。

「我們認識嗎？」莊齊偉疑惑地問他。

但他沒料到口罩怪人的反應卻好像比他還要困惑，只見口罩怪人搔著後腦杓，嗯嗯啊啊的，始終想不出適當的措辭。

口罩雖然遮掩了一半的面容，但眉目之間還是看得出來他大概比莊齊偉大個幾歲，一副大學生模樣。

莊齊偉逕自轉頭離開，不想再搭理這個奇怪的傢伙。

「喂！你的褲子破了啦！」

口罩怪人突然喊道，他的聲音受到口罩阻隔有點含糊，聽來也有些沙啞。莊齊偉下意識地回頭檢查自己的制服褲，果然在屁股位置裂了一個食指長的縫，裡頭的卡通圖案四角褲若隱若現。

「喔！謝謝！」對自己外表並不怎麼在意的莊齊偉只是聳聳肩，打算回家後拿家政課的針線隨便補一補就好。

「但……內褲……」口罩怪人繼續關心地喊著，卻無法阻止莊齊偉離開的腳步，畢竟因爲陌生人的褲子破洞就一路尾隨的這件事情本身還是太過古怪了。

隔天放學後，星期四，依舊獨來獨往的莊齊偉六點半前要趕到英文補習班，他打算到便利商店買點麵包牛奶果腹，草草結束晚餐的生理需求。

沿經紅土跑道旁的籃球場，運球、擦框、腳步聲正在沸騰，莊齊偉每次走過總免不了多看幾眼場上飛馳的身影，一個晃過防守者直切入禁區挑籃的得分，讓他暗暗喊了聲「好球！」。

沒有多少人知道，莊齊偉國小是籃球校隊，還曾經在一場地區複賽中拿下二十幾分，到現在他還清楚記得爸媽在觀眾席興奮雀躍的歡呼，他好想知道在他們眼中、讓他們感到驕傲的自己究竟是什麼模樣。

熱愛籃球的莊齊偉從小就跟爸爸一起看NBA，兩人常常到住家附近的公園單挑籃球，那時侯的爸爸多麼陽光，球場上的空氣多麼輕盈。

升上國中後，雖然課業壓力變大，但只要一到假日爸爸還是會拿起籃球，似笑非笑地在他面前甩一下球：「挑一下啊？」

「誰怕誰！」他都會用最燦爛的微笑回應，父子兩人也不管媽媽的嘮叨，大中午的直奔公園球場。

那時候的他們是父子，但更像兄弟。

直到那個不幸的雨夜衝撞，媽媽過世之後，那顆籃球就一直放在儲藏室，沒有人再拿出來過。

深受打擊的爸爸失去了笑容，也失去了休閒的能力，莊齊偉只看到爸爸不停地工作，不停地操持家務，像一顆不斷打轉的陀螺，在人生的壓力中持續滾動，好不容易停下來喘息的時候，竟然還讀起了莊齊偉的課本參考書，他爲了關心莊齊偉的功課，想要以身作則，陪他一起讀書。

當忙碌無比的父親熬夜讀起你課本的時候，你還有什麼資格玩耍呢？

莊齊偉其實並不怪他爸爸，只是偶爾想起小時候的那段時光，會有點失落和思念而已。

「喂！喂喂！」球場上一個呼喊他的聲音。

莊齊偉轉頭，是昨天放學遇到的那個口罩怪人，依舊戴著淺藍色的醫用口罩，手裡拿著籃球熱情地對他招手。

莊齊偉並不打算理會他，但口罩怪人卻直接把球丟向他，莊齊偉反射性地在胸前接住了那顆籃球。

「挑一下啊？」口罩怪人的眼睛好像似笑非笑。

「我要去補習了。」莊齊偉彎腰，把球放在一旁，拒絕了他的邀戰。

「十分鐘，很快的。」口罩怪人攤了攤手開始激將法，「我看你只會讀書，一副弱雞樣，很快就解決了。」

「哈。」莊齊偉其實沒有笑容，個性好強的他怎麼吞得下這口氣，身上的籃球血液彷彿瞬間甦醒過來，「十分鐘的確很夠了。」

他卸下書包，拉出紮進褲子的白色制服上衣，拿起了籃球。

他其實無法分辨究竟是受不了口罩怪人的嘲諷，還是自己真的太想念籃球了。

「打六分，來賓球。」口罩怪人像是咧嘴笑了。

好幾年沒有碰籃球的莊齊偉動作有些生疏，但還是可以靠著手感在外線跳投取分，口罩怪人的動作則比較老派，慢慢磨到禁區來個小鉤射，兩人有來有往，一下子莊齊偉飆進了一顆三分球，一下子口罩怪人在禁區來個翻身跳投，一時之間難分勝負。

夕陽西下，兩人揮灑著汗水，運球聲接上了心跳的頻率，全神貫注在一球又一球的出手，一對一單挑，多麼熟悉的感覺，莊齊偉彷彿回到了與父親在公園鬥牛的美好時光。

沉浸其中的莊齊偉好像忘了補習時間，從原本的一場決勝負，變成了三戰兩勝，最後成爲七戰四勝制的總冠軍賽。

「小心啊，褲子不要再破了！」說著垃圾話的口罩怪人突然怪叫一聲，右晃一下吸引莊齊偉的注意，收球踩著奇怪的歐洲步直入籃下，眼見他舉球在莊齊偉面前劃出一個小弧，準備要輕鬆把球放入籃框——

「嘿！」莊齊偉其實看得精準，一巴掌拍掉了他手上的球，紮紮實實的一個大火鍋。

「呼呼呼……」口罩怪人累癱在地，隔著口罩大口喘氣，他搖了搖手，「扯平了扯平了，我們就算平手吧，太累了。」

莊齊偉也坐在球場上喘息，好久沒有如此激烈運動的他的確無力再進攻了。

「你戴口罩打球很難呼吸吧？難怪這麼累，太狂了！」莊齊偉指著他的口罩說，他還沒看過戴口罩運動的人。

「沒辦法啊，天生過敏，不戴口罩會很慘。」口罩怪人揮了揮手，依舊喘不過氣的模樣。

「我叫莊齊偉，三年七班。」不打不相識，莊齊偉自我介紹。

「叫我老張就好，高中畢業就沒再讀書了，我在附近的超商打工。」老張笑了笑，「你球打得不錯。」

「你也不錯，只是好像專門打老人球。」莊齊偉也笑了。

「我就公園阿伯啊。」兩人大笑。

只剩下一絲夕陽的餘暉，球場上的熱氣逐漸散去，打球的學生零零落落。

「啊你不是要去補習？」老張問道。

「沒救了，快七點了。」莊齊偉搖了搖頭，他自己也沒料到會有翹課的一天，但現在渾身汗臭急急忙忙趕到補習班也不是辦法，倒不如隨便找個理由向班主任請假。

「那走吧，去吃晚餐。」老張站起來，拍了拍屁股，向莊齊偉伸出右手。

「走！」莊齊偉也伸出右手，一把被他拉起身子。

男人間的情誼有時候很難言喻，一個眼神或者一個動作，就可以讓你結交一個兄弟。

他們在學校附近的麵攤解決晚餐，嚷嚷要請客的老張不愧算是社會人士，一盤滿滿的滷大腸、滷蛋、豆干、牛腱、花生等小菜，讓平常只點陽春麵的莊齊偉吃得好不開心。

「你不吃嗎？」吃著牛肉麵的莊齊偉疑惑，老張不僅沒有點自己的麵，甚至連筷子都沒有拿。

「我沒辦法吃啊，剛剛打球完到現在還很想吐。」依舊戴著口罩的老張擦了擦額頭汗水，「你吃就好，我晚點再自己處理。」

「打個球而已，有這麼累嗎？哈哈。」莊齊偉笑了，運動後更感飢餓地大口吃麵。

「明天放學後再來打球啊？今天其實是平手吧？」不認輸的老張又來約戰。

「明天還是要補習啊，我再翹課一定會被我爸打死。我星期一、三沒有補習，可以挑一下啊。你不是在超商打工？怎麼這麼閒都可以打球喔？」莊齊偉津津有味吃著滷大腸，他不知道多久沒和別人一起吃晚餐了。

「我大夜班戰士啊，上班前運動一下可以提振精神。」老張笑了笑，「你怎麼這麼累啊，補這麼多習？」

「沒辦法啊，要指考了，一定要拚一下。」莊齊偉轉轉脖頸，一想到指考，就有種被拉回現實的疼痛感。

「哎呀，可以讀書其實還算不錯啦，像我這樣賺錢很辛苦啊。」老張嘆了口氣。

「有嗎？我看你很逍遙啊？」莊齊偉笑了。

「哈哈，是還可以啦，不過你也不要給自己太大壓力，盡力而爲就好。我以前也是讀過書的，讀書眞的很累。」老張舉起桌上空的玻璃杯，「這次我是沒熱身，下禮拜一我再來找你打球啊。」

「誰怕誰！」莊齊偉笑了，拿起裝滿蘋果西打的玻璃杯輕碰一下。

口罩之外，看得出老張的眼睛笑得莫名燦爛。

莊齊偉和老張變成了朋友，而且對於莊齊偉十七年的人生來說，是屈指可數、眞正意義上的朋友。

放學後，如果莊齊偉要補習，戴著口罩的老張會急急忙忙地騎機車到校門口接送他，兩人一起趕到離學校快兩公里外的便利商店，他們坐在那片明亮的落地窗前，莊齊偉一邊咬著麵包、一邊看著老張說的動人風景；隔壁女校學生放學後沿經的路段，老張總是捉弄著臉紅的莊齊偉，逼問他喜歡哪種類型的女生，一陣胡鬧之後，老張才載著莊齊偉趕到補習班。

如果是莊齊偉沒有補習的晚上，他們單挑完籃球後，有時候會到書店閒晃，有時候甚至還跑去看場電影，說也奇怪，老張不管做什麼事，從來不拿下他的口罩，莊齊偉慶幸自己沒有像他這樣過敏的毛病，但處在指考巨大的壓力夾層中，莊齊偉的生活其實也沒有好到哪裡去，他只有跟老張廝混的時候，才能獲得稍微喘息的空間，臉上才會出現不該屬於考生的笑容。

於是他向爸爸說謊了，沒有補習的週一、週三晚上，他要留在學校晚自習，為指考做最後衝刺。他只要在晚上九點半前趕到家，就還算在這個謊言的安全範圍，門禁有如灰姑娘的魔法，離開謊言之後，他又回到了看不見盡頭的考試牢籠，回到那個很少有人說話、冰冰冷冷的「家」。

一個生活，兩種世界——直到謊言被拆穿的那一天。

「董國揚，43分……王淳凱，61分……廖俊澤，55分……」講台上發放考卷的數學老師臉色凝重，最後一次模擬考班上的成績依舊不見起色。

「莊齊偉……」老師拿起那張考卷停頓了，推了推眼鏡彷彿要再確認清楚的模樣。

「……58分。」全班不禁響起一陣低呼，沒有人想過名列前茅、堪稱考試怪物的莊齊偉竟然會拿到不及格的分數。

「怎麼了嗎？我看你最近精神好像不是很集中？」深深皺眉的老師將改得通紅的考卷交給莊齊偉。

「沒事，只是考壞了，我會再加油。」莊齊偉低著頭，感到渾身發冷的他無法想像今天晚上父親的反應。

放學後，今天莊齊偉雖然不用補習，但他並沒有到球場赴約，而是獨自失魂落魄地走回家。

他把所有數學課本、參考書都翻了出來，瘋狂比對那張慘烈的考卷，檢討自己究竟是哪一部分的觀念出了問題。指考倒數三十二天，最後一次模擬考，他卻可能是第一次校排名跌出百名外。

晚上快九點，結束加班的爸爸回家，沉默地關上大門。

「小偉，上次模擬考的成績出來了吧？」爸爸都還沒有換下襯衫西裝褲，第一件事情就是關心他的成績。

莊齊偉畏畏縮縮地將考卷遞給了爸爸。

「這一大題都是粗心，沒有弄清楚題目的意思，如果再加上這部分……」莊齊偉試圖向爸爸解釋不及格的原因，但他卻看到爸爸的手在微微顫抖。

父親並沒有搭理他，兀自盯著考卷，難以置信地睜大雙眼。

「這次數學班上平均低了好幾分，老師也說……」莊齊偉急得都眼眶泛淚了，但任何言語舉止都阻止不了父親失控的反應。

爸爸把考卷揉成一團，捏在掌心像粉碎莊齊偉的脆弱，他用力將紙團往牆角一丟，像拋棄了莊齊偉的所有信心。

「你不讀書就不要讀了啊，你這樣還去考什麼試？最後一次模擬考，你考不及格？你在混什麼？」爸爸怒紅著臉，指著他的鼻子嘶吼，「你知不知道自己已經沒有機會了？你難道想重考嗎？重考要浪費整整一年的人生你知道嗎？」

爸爸劈里啪啦宣洩出所有的情緒，一字一句都讓莊齊偉無地自容，但眞正摧毀他的，卻發生在父親終於冷靜下來之後。

「其實爸爸也有錯。」父親紅著眼睛，分不出是憤怒還是悲傷，「明天開始一直到指考前，我都不會再加班了，你也不要晚自習了，沒有補習的時候就是回家，爸爸陪你讀書。」

「我眞的很生氣，也非常非常失望。」父親深深嘆了一口氣，「但我們要往好處想，還好這是模擬考，不是指考，我們還有機會。」

莊齊偉哭了，他寧願爸爸責備他、罵他，也不希望爸爸又把責任攬到自己身上，他不希望自己成爲父親更加沉重的負擔，他錯了，錯到自己說什麼也無法原諒自己。

他不願意讓爸爸看到自己複雜的眼淚，於是他沒說一句話，掉頭回到房間，重重關上房門，鎖上。

隔著冰冷的房門，他聽到客廳父親狠狠地重拍了桌面。

情緒翻攪的莊齊偉翻來覆去，一夜無眠。隔天早上六點半，換上制服、戴著黑眼圈的莊齊偉在客廳收拾書包準備出門。

爸爸聽見聲響，邊扣著襯衫鈕釦邊走來客廳。

「莊齊偉，你最好解釋清楚，昨天爲什麼話沒說完就躲回房間？這是你對爸爸應該有的態度嗎？」爸爸同樣黑眼圈深陷，看起來也是熬過難以成眠的夜。

「沒什麼好說的，你不就是想要好成績嗎？我會考給你看，就這樣，這是我自己的事。」莊齊偉冷冰冰地回答，雖然一股熱騰騰的怨氣正在胸口翻滾。

「什麼叫你自己的事？」爸爸被他的反應氣得破口大罵，「你以爲沒有我盯著你，你能一直保持好成績嗎？都到最後關頭了，你要這樣放棄自己的人生嗎？」

「我沒有要放棄，只是我的人生我可以自己決定。」莊齊偉逃避父親的眼神，他只怕四眼相對會觸發更多複雜的情緒。

「什麼叫做你自己的人生？我答應過你媽媽，要好好照顧你，要好好扶養你長大，要讓別人知道，單親家庭的小孩不會比較差，媽媽還在的時候……」面對莊齊偉的反抗，爸爸只記得自己肩負著多麼沉重的承諾。

「媽媽，媽媽！」莊齊偉打斷了他，這是他第一次對著父親吼叫，「媽媽有叫你逼我讀書嗎？媽媽知道我過得很不快樂嗎？你知道嗎？」

莊齊偉頭也不回地甩上大門，留下無語的爸爸，安靜死寂的「家」。

離開家門的一瞬間，莊齊偉的情緒已經燒到沸騰，他甚至有一了百了的衝動，但他想起了一個人，也許還可以分享他的生存難題。

命運不知如何牽引，莊齊偉走出住家大樓不久竟然就遇見了他，騎著機車的老張。

「臭小子，昨天怎麼放我鳥沒來挑一下？」戴著萬年口罩的老張丟了一頂安全帽給他，示意他上車。

「我跟我爸鬧翻了。」莊齊偉戴上安全帽，坐上後座。

「怎麼了？」老張邊騎著機車邊問。

「模擬考爆炸，我被他狠狠訓了一頓，忍不住回嘴把他氣得跳腳。」莊齊偉強忍著委屈的哽咽，「靠！他爲什麼要這樣逼我啊，我都快瘋了！」

老張沒有接話，只是突然在前方路口迴轉，往反方向騎去。

「你不是要載我去上課？」莊齊偉疑惑。

「哈哈，你都快瘋了，還上什麼課？」戴著口罩的老張笑了，「今天就翹一天課吧，我帶你去紓壓一下。」

「我們要去哪？」莊齊偉並不反對這個暫時逃避的提議。

「祕密基地。」老張故作神祕，夏天的風呼嘯過他們耳旁。

他們先到超市採買了吐司、香腸、肉片、泡麵等食材，也買了汽水、烤肉醬、木炭、免洗內褲等等雜七雜八的東西，把機車加滿油後，兩人騎車上山。

山上露營，老張說那個偏僻的營地就是他的祕密基地，可以讓他逃離城市，逃離現實，躲藏在大自然的懷抱。

蜿蜒的山路整整有一個小時的車程，一路上都是漸漸脫離現實生活的過程，今天星期五，還穿著制服揹著書包的莊齊偉，難以想像自己竟然跟老張一起來到了荒郊野外，天空很藍，樹蔭很綠，但看起來都不像平常的藍色與綠色。

「你怎麼知道我家在哪？」後座的莊齊偉突然想到。

「嗯……啊……」老張支吾了一下，「你之前好像有說過吧？在中華路轉進去的什麼巷子。」

「有嗎？」莊齊偉想不起來。

「有啦！總之我今天剛好放假，想說沒事去你家附近堵你看看，就被我堵到了，哈哈。」老張打哈哈帶過，「這邊我也很久沒來了，剛好陪你來放風一下。」

「謝啦！」莊齊偉由衷感謝，他不敢想像今天如果沒有老張，自己到底會發生什麼可怕的事。

來到營地，週間沒有其他遊客，老張跟老闆租了一頂帳篷、兩個睡袋，借了烤肉架及生火工具。

搭完帳篷生完火，已經超過下午一點了，他們在營地的涼亭烤肉解決午餐。

「你還是不吃？」莊齊偉拿著肉片吐司，不可思議地看著依舊緊緊戴著口罩的老張。

「沒辦法啦，真的超衰的。」老張搖搖頭，「最近剛好腸胃炎，吃什麼拉什麼，到時候我大在帳篷裡怎麼辦？今天我就負責烤肉，你負責吃。」

「也太慘，這麼多東西我會吃到吐啦。」莊齊偉笑了，好像已經暫時忘卻了生活的煩憂。

下午他們徒步到營地附近閒晃，他們穿梭在林木茂密的小路，無聊到還撿起樹枝石頭打起棒球，山風微微，就這樣放鬆地虛擲時間。

晚上依舊是烤肉大餐，漆黑的營地裡只有他們一頂帳篷，一爐炭火，抬頭就是滿天的星空。

莊齊偉沒有喝酒，只喝著罐裝可樂的他卻好像醉了，躺臥在柔軟的草地上，向老張述說起他的家庭。

他身為家中獨子，原本擁有最幸福的童年，媽媽總是那麼溫柔，爸爸更像是兄弟一樣可以和他玩在一塊，直到那個黑暗的雨夜，交通意外奪走了媽媽的生命，也奪走了他原本擁有的所有美好。

他其實對父親是充滿矛盾的，媽媽過世之後，爸爸就是世界上對他最重要的人，他知道爸爸也是這麼認為，只是爸爸給他的愛，卻總是讓他喘不過氣。

爸爸從小就是資優生，升學、就業甚至愛情、家庭都一路順遂，所以他堅信只要努力就能夠獲得幸福。爸爸已經失去了讓媽媽幸福的機會，他只剩下一個兒子，自己就算再怎麼累，也要拚命讓他得到幸福。

但這個信念讓他太過偏執，起初莊齊偉的課業表現不佳，爸爸竟然每天下班都陪著他一起讀書，看著爸爸每天忙碌在工作、家務之外，竟然還要陪他一起念書，疲累讓爸爸老得很快，莊齊偉卻只能默默承受他這股愛的壓力，根本無從抵抗。

他愛爸爸，爸爸也愛他，但兩人的心卻是漸行漸遠。

這些話莊齊偉從來沒有跟別人說過，他也不知道爲什麼會想要告訴老張，老張熄了烤肉炭火，愣愣聽著似乎若有所思。

「我小時候常常向爸爸媽媽吵著說要到山上露營，總覺得山上露營好像是去冒險之類的很酷，原本都說好了要找一天全家去露營，但媽媽卻突然走了。」莊齊偉嘆了口氣，「我常常在想，如果媽媽沒有離開我們，我的人生是不是會完全不一樣？」

老張沒有回答他，滿天的星空也沒有回答。

最好的朋友，或許就是在你需要安靜的時候，能夠默默地傾聽，這便已經足夠。

夜深了，帳篷裡聊了整晚心事的兩人都睡了。

帳篷外掠過不知名的禽鳥聲響，莊齊偉翻了個身醒來，看著一旁老張竟然連睡覺都不脫口罩的怪異模樣，忍不住興起惡作劇的念頭。

「我猜你其實長得蠻帥的吧？」好奇的莊齊偉偷偷取下老張的口罩。

帳篷裡只透著昏暗的月光，仍在熟睡的老張一副斯文大學生模樣，但臉色蠟黃，膚質粗糙地彷彿黏貼著皺褶的紙面具。

莊齊偉正感奇怪之際，手中的口罩卻突然憑空起火燃燒。

幾乎同時，老張的那張「臉孔」也跟著輕輕焚燒起來。

莊齊偉連忙甩掉手中的火團，才想要撲滅老張臉上火光之時，一切火焰都只剩下灰燼。

灰燼底下，浮現出中年的皺紋輪廓，赫然是他父親的臉。

平常用口罩、紙面具遮掩的老張，竟然就是莊齊偉的父親，莊智邦。

面對突如其來的荒謬，剎那間，莊齊偉腦中彷彿有一個沉潛已久的炸彈被引爆，許多不應該存在的記憶一幕幕炸裂開來，粗暴地幾乎要撐破莊齊偉的腦袋，那些充滿了絕望、死亡、孤獨的黑暗畫面，逼得莊齊偉根本無法思考。

這時候老張，或者說莊智邦，正巧醒了過來，驚訝的雙眼與莊齊偉相接，莊齊偉亂轟轟的腦中卻只剩下一個念頭——

2. 父親

清晨，漱洗完正對著鏡子穿整襯衫的莊智邦聽到客廳聲響，他開了房門走到客廳，莊齊偉正準備出門上課。

「莊齊偉，你最好解釋清楚，昨天為什麼話沒說完就躲回房間？這是你對爸爸應該有的態度嗎？」莊智邦想到昨晚不歡而散的結束，依然怒氣未消。

「沒什麼好說的，你不就是想要好成績嗎？我會考給你看，就這樣，這是我自己的事。」莊齊偉一副無所謂的模樣。

「什麼叫你自己的事？」莊智邦被他氣得破口大罵，「你以為沒有我盯著你，你能一直保持好成績嗎？都到最後關頭了，你要這樣放棄自己的人生嗎？」

「我沒有要放棄，只是我的人生我可以自己決定。」莊齊偉看都不看莊智邦，直接走向門口。

「什麼叫做你自己的人生？我答應過你媽媽，要好好照顧你，要好好扶養你長大，要讓別人知道，單親家庭的小孩不會比較差，你媽媽還在的時候……」莊智邦想起太太，心裡又是怒氣又是悲傷。

「媽媽，媽媽！」莊齊偉卻打斷了他，歇斯底里地吼叫，「媽媽有叫你逼我讀書嗎？媽媽知道我過得很不快樂嗎？你知道嗎？」

莊齊偉頭也不回地甩上大門，莊智邦愣愣地看著那扇金屬大門，愣愣看著父子之間的隔閡，不知道從什麼時候開始，竟然已是裂得又深又痛。

他以爲莊齊偉去上學了，但搭乘電梯的莊齊偉卻不是往下，而是直上二十三樓的頂樓，他把書包甩在一旁，站在距離地面數十公尺高度的邊緣，所有的人事物都變得渺小，包含他自己在內。

如果有來世，他還願意遇見爸爸嗎？

答案就在一縱而下。

「呼……呼……呼……」

莊智邦渾身冷汗地從沙發上驚醒，莊齊偉自殺身亡已經一個多月了，他卻幾乎每天晚上都還是作著同樣的惡夢，不斷重複他與莊齊偉最後一次的對話情景，一字一句，直刺著他滿是內疚及悔恨。

遭逢喪子巨變的他向公司請了長假，每天醒來都在家酗酒渾渾噩噩，唯有在酒精的安撫下，他才能暫時麻痺責備自己的念頭。

客廳桌上堆滿了空的酒類瓶罐，家裡凌亂不堪，所有的家人都走了，家只剩下空殼，莊智邦也只剩下頹敗的皮囊。

他的手機早已關機，幾乎足不出戶，難過就喝酒，餓了就吃泡麵，每天就是睡了又醒，醒了又睡，時間、日子似乎都失去了計算的意義。

他只有在下午三、四點的時候會出門到附近的公園徘徊，在陽光漸漸溫和的時候，到那座小時候莊齊偉最愛去的公園，那時候他還好小，還可以跨坐在莊智邦的脖子、肩膀之上，還會開心地在溜滑梯爬上爬下。等他再大一點，莊智邦開始教他打籃球，父子倆在公園球場鬥牛，身高落差一大截的莊齊偉總是被他蓋火鍋氣得哇哇叫。

莊智邦坐在一旁的長椅上，看著家長帶著小孩們跑跑跳跳，公園裡總是滿滿的兒童歡笑，他也曾經置身其中，但猛地回過頭來，時間已經帶走了一切，他什麼也沒能留住，只能流下悔恨的眼淚。

有個路人突然遞了一張面紙給他。

他接過面紙，抬起頭來，只見那人頂著一頭灰白亂髮，戴著淺藍色的醫療用口罩，手中拿著復古的黑色皮箱，大約四十多歲的中年男子。

「謝……謝謝。」男子突如其來的舉動讓莊智邦有些錯愕。

「我叫程無。」男子挑眉，隔著口罩也能感受到他正在咧嘴怪笑，「不是金城武的『城武』，是歸程無期的『程無』。」

「呃……」陌生男子跳tone的自我介紹，依舊讓莊智邦不知如何回應，尤其是他的自我介紹還如此怪裡怪氣。

「我是一個道士。」講到自己的身分，程無的神色突然變得收斂而正經，走不出喪子之痛的莊智邦也不禁被這個特殊身分引起興趣。

程無說他先前看到電視新聞，一個高中生因爲課業壓力太大跳樓自殺，他還看到莊智邦出現在新聞畫面上，痛不欲生的絕望模樣。

他告訴莊智邦，自殺的人在陰間必須不斷重複自殺的生活，一直折磨到他原本該有的陽壽終結爲止。莊齊偉現在正困在自殺地獄裡受盡苦難。

「你想不想救你兒子？」程無一雙炯炯的眼神直盯著他。

心如刀割的莊智邦只能用力地點著頭。

於是程無隨著莊智邦回家，大樓電梯向上。

「抱歉，家裡比較亂。」莊智邦手忙腳亂地整理客廳桌面的瓶罐，程無環視了他家中頹敗的氣息，暗自嘆了口氣。

他告訴莊智邦，解鈴還需繫鈴人，你要親自解開你兒子的心結，試圖去瞭解他真正的想法。

「怎麼做呢？」莊智邦不解。

「我會給你一個全新的身分，一個重新瞭解你兒子的機會。」程無淡淡說著，像是一件稀鬆平常的小事。

「什麼意思？你要怎麼給我身分？」莊智邦聽得更加困惑。

「道教方術——」程無緩緩說道，「**觀落陰**。」

程無打開了那只黑色皮箱，取出一條紅布，他請莊智邦坐在沙發上，赤腳踩地，在幫莊智邦眼睛繫上紅布之前，程無將一張蠟黃的紙面具鋪在他臉上。

「你運氣不錯，這張臉算我裡面最帥的了。」程無笑了笑，拿起黑色奇異筆補強了一下紙面具的眉毛。

雖然莊智邦對於程無還是半信半疑，但他想念莊齊偉的心情已經蓋過了所有理智，只能任由程無擺布。

「來，這杯符水你先喝掉，我怕你的聲音太好認就沒戲唱了。」程無火化了一張符紙在玻璃杯內，右手食指中指緊扣，在玻璃杯上懸空比劃了幾個咒文。

於是戴上紙面具的莊智邦在雙眼繫上了紅布，並且依照程無的吩咐，喝掉了符水，再戴上淺藍色的醫療用口罩。

程無解釋，觀落陰可以牽引他的靈魂至陰間與死者見面，但陰陽殊途，無法接觸，不過生死之間只差一口氣，如果戴上口罩遮蔽口鼻，就能遮掩活人的氣息，靈魂出竅後，在陰間即與死者無異。

「不過你要切記，絕對不能拿下口罩，否則生死難測。」在作法之前，同樣戴著口罩的程無再三警告莊智邦，「陰陽兩隔，萬一眞的拿下口罩，也千萬不能相信拿下口罩後看到的任何事情！」

莊智邦慎重地點了點頭，在紅布中閉上眼睛。

程無用客廳矮桌充當香案，點起三炷香，在莊智邦的肚子上緊緊綁住一條紅線。

「切記切記！一旦紅線斷了，就再也回不了陽世。」程無最後的叮嚀，「如果聽到搖鈴聲就代表有危險，不管發生什麼事情，你都要快點跟著紅線回來。」

「我去那邊，要跟小偉說些什麼呢？」莊智邦忐忑不安。

「如果給你機會，讓一切重頭，你想怎麼做？」程無反問他，卻又輕拍了拍他肩膀，示意他噤聲，「除了道歉之外，你想不想知道，你們之間究竟是哪裡出了問題？」

答案就在香煙裊裊之中，在程無喃喃的咒語聲中，莊智邦彷彿慢慢失去了視覺、嗅覺、味覺、聽覺，有如死亡的過程，慢慢遺失了自己的身軀。

莊智邦聽到了劇烈搖鈴聲，彷彿就在他耳旁焦急地催促，但他正躺在帳篷內，被莊齊偉死命地用雙手掐住脖子。

才剛睜開眼睛，那個保護自己的口罩已經不見蹤影，莊智邦知道假扮的老張身分已被識破，眼前的莊齊偉有如發狂。

「留下來！留下來陪我！」雙眼血紅的莊齊偉有如野獸，瘋狂嘶吼著，「爸爸，我求求你留下來！拜託你留下來陪我！」

耳旁的鈴聲越來越大聲，莊智邦也越來越無法呼吸，他感覺到腹部的紅線有一股力量正努力地將他拉離開莊齊偉，但是莊齊偉的執念實在太強，說什麼都不放手。

「爸爸……求求你留下來！不要放我一個人在這裡……求求你啊……！」莊齊偉又哭又吼，毫無理智可言地崩潰，愛恨難分。

莊智邦的視線隨著窒息的壓迫逐漸模糊，但他卻能清楚看見莊齊偉的瘋狂背後，其實藏著太過深沉的孤獨。

「不要讓我自己留在這裡……我不要一個人……」莊齊偉持續哭吼，莊智邦無法言語，卻被逼出了心疼的眼淚。

求生意志一鬆，紅線也跟著斷裂，莊智邦在巨大的搖鈴聲中昏了過去。

「啊……！」

莊智邦渾身冷汗從床上驚醒，他發現自己躺在家中主臥室的床上，窗簾縫隙透著清晨的陽光，他的肚子沒有紅線，脖子也沒有勒痕，一切都好像只是一場惡夢。

他聽見客廳傳來聲響，連忙開啓房門跑了出去，莊齊偉正在客廳收拾書包準備出門，昨天晚上被揉成紙團的數學考卷還躺在牆角。

多麼熟悉的場景，惡夢中莊智邦後悔莫及的前一刻。

「你……」莊齊偉沒有預料爸爸的舉動，驚訝得說不出話來。

「對不起，爸爸眞的對不起你。」莊智邦緊緊擁抱著莊齊偉，淚流滿面。

「爸……怎麼了，怎麼突然這樣？」昨天晚上才被爸爸罵得臭頭的莊齊偉，對於他的激動反應毫無頭緒。除了媽媽過世的時侯，印象中他還沒看過堅毅的爸爸哭得如此狼狽。

「沒事沒事！」莊智邦好不容易緩和下來，「爸爸作了一場惡夢，很眞實的惡夢，夢裡頭你不在了。」

「嗯。沒事啦，我很好。」莊齊偉覺得爸爸的反應雖然怪異莫名，但也讓他感到心暖暖的，一掃昨天一夜沒睡的陰霾，「那我先去上課了。」

「今天就不要去上課了吧！」莊智邦用手臂揮去眼淚，精神一振，「今天星期五，我們都請一天假，一起去露營吧！」

莊齊偉看著爸爸久違的陽光燦爛笑容，難以置信。

沒有人反對這個瘋狂又痛快的提議，於是父子倆收拾好行李，莊智邦開著那台小轎車，先載莊齊偉到超市採買烤肉食材、木炭等用品，再將汽車加滿油後，兩人直驅上山。

蜿蜒的山路，沿途的風景好像不是平常的顏色，天空更藍，林木更綠。

一路上他們聊了許多，莊智邦誠摯地向莊齊偉道歉，他不應該用自己的期望綑綁他的人生。

關於老張和莊齊偉的奇妙相遇，雖然只是莊智邦的一場夢，但這段無比特殊的經驗，卻讓莊智邦更能瞭解眼前的莊齊偉，他最愛的兒子，也是最好的兄弟。

「你知道嗎，爸爸的老闆其實大學沒有畢業被退學耶！」莊智邦像是八卦爆料的語氣。

「眞的假的？」莊齊偉很震驚。

「眞的啊，所以讀書其實不是絕對，考上什麼大學，從事什麼樣的工作，都不能定義你的人生。」莊智邦嘆了口氣，「爸爸之前眞的錯得離譜，我總是勉強你，總是希望你能考上好的大學，卻一直忽略你的感受。」

莊齊偉沒有說話，只是默默紅了眼眶。

「賺多少錢，有什麼樣的社會地位，到頭來又怎麼樣呢？」莊智邦依舊嘆氣，「是爸爸忘記自己的初衷，你從小到大，或者未來到老，我都只希望你能平安、快樂，這樣就夠了。你媽媽也一定是這麼想的。」

車內一時無語，寧靜流動著許久未交會的兩個心靈。

午後，他們抵達了營地，搭好了帳篷升起了火，父子烤肉，用汽水乾杯，莊智邦聊起莊齊偉小時候的趣事，總是逗得兩人哈哈大笑。

「我記得這附近好像有一個國小？」莊智邦吃完一條烤香腸後突然說道。

「怎麼了嗎？」莊齊偉不解。

「我有帶籃球喔，要不要挑一下？」莊智邦似笑非笑。

「誰怕誰！」莊齊偉大笑。

——真的好好喔，好像回到了小時候，那段無憂無慮的歲月。

烤肉歡笑、父子籃球鬥牛、站在山頭遠眺夕陽、入夜的營火……於是鏡頭不斷升高縮遠，離開了營地，離開了山上，又離開了整座城市，一直到了滿天星空。

帳篷裡，莊齊偉已經睡去，也準備就寢的莊智邦耳旁卻突然響起焦急的鈴聲，他走出帳篷，摸黑循著鈴聲的方向走去。

「喂！這裡！」一個戴著淺藍色醫療用口罩，滿頭灰白亂髮的中年男子從樹林間跳了出來，手裡還拿著鈴鐺。

莊智邦依稀記得這副模樣，他叫做……程無？

「我們快點走，時間快不夠了。」程無焦急地拉著他的手要帶他離開。

「等等！」莊智邦抽回了手，「你這是做什麼？」

「我要帶你回去陽世啊，這一切都是你兒子製造出來的幻覺，他就是要讓你永遠陪他留在陰間，快點跟我走！」程無說得氣急敗壞。

莊智邦一臉困惑，他好不容易與莊齊偉修補好關係，父子過了一整天快樂開心的「正常生活」，這個好像在夢裡出現過的古怪道士突然冒出來講著如此荒誕不經的話語，要他怎麼能夠相信？但偏偏夢裡的印象在他腦海裡卻又如此深刻，一時之間他也分不清楚哪邊是眞實，哪邊又是虛幻？

「你不相信我？好！」程無冷笑，從口袋拿出一個淺藍色醫療用口罩，「你只要戴起口罩，遮掩住你活人的氣息，你就能破除幻覺了。」

莊智邦半信半疑地接過口罩，卻依然猶豫不決。

「爸爸，你走吧！」莊齊偉的聲音突然從昏暗的樹林間傳來，他不知道已經躲了多久。

「小偉……」莊智邦看著他哭喪著臉，心裡已經有了不好的預感。

「他說的都是眞的，爸爸，你放心的走吧。」莊齊偉哭得一把鼻涕一把眼淚，像當年在公園跌倒的小男孩，「我今天已經非常心滿意足了，謝謝你爸爸，我會自己離開這個地方，不會再想不開了。」

「傻小子。」莊智邦也哭了，緊緊擁抱住莊齊偉，擁抱著這個在他眼裡總是長不大的孩子，「爸爸哪裡都不會去。」

「你不要衝動，陰陽兩隔，你知道自己在做什麼嗎？」程無皺眉，事情已經完全超乎他的掌控。

「程先生，謝謝你，我們父子在這裡很開心，我就不回去了。」莊智邦笑得無比堅定。

「爸爸……」莊齊偉還來不及反應，莊智邦卻已經一把將口罩撕成兩半，心意已決。

「我覺得現在才像是活著。」莊智邦依舊燦笑。

程無搖頭，重重地嘆了口氣，本來還想要說些什麼，但他耳旁催促的聲音響起，他也只能留下最後一句話。

「聚散無常，祝福你們。」

一晃眼他就消失得無影無蹤，彷彿從來不曾存在過一般。

3. 道士

屋主看起來是個老實人，他一邊帶著程無搭乘大樓電梯，一邊介紹房屋的狀況。

「程大師讓我跟你說明一下，這間屋子已經空了好多年，之前也轉過好幾手，最後法拍被我買了下來，房子本身是很好的，唯一缺點就是之前上新聞鬧得太大，根本沒有人敢來承租，我是覺得很可惜啦！」屋主搖頭嘆氣，「之前有房客說晚上看到有穿制服的學生跳樓，又或者看到中年男子躺在客廳地板抽搐有的沒的，講得繪聲繪影，唉，我房租壓再低也沒有用啊。」

程無在接受委託之前就已經先查閱過新聞報導，許多年前這裡住著一對父子，高中生兒子因為課業壓力太大，受不了父親責罵，在上學前穿著制服跳樓自殺，自責內疚的父親向公司請了長假，每天在家裡借酒澆愁，一個多月後卻因為飲酒過量，在家中心肌梗塞猝死。

轉動鑰匙，屋主打開金屬材質的大門。程無走進屋內，灰塵瀰漫著久無人居的荒涼，牆上貼著亂七八糟、紅白黃色紛雜的鎮邪符紙，一張張陳年斑駁，像訴說著施法者的無能為力。

程無只是聳聳肩，將復古的黑色皮箱放在客廳桌上，點了一支菸，邊抽邊到各個房間走走，吞吐著煙霧喃喃：「一個困在自殺地獄裡出不去，一個迷迷糊糊的還不知道自己死了，難怪他們的魂魄在此地徘迴不去。」

屋主聽得一愣一愣的，只能傻傻地點頭稱是。

程無叼著菸，也不管老舊沙發上都是灰塵，一屁股坐了下來，打開皮箱，慢條斯理地拿出了紅布、手搖鈴等等道具。

「啊，我忘了帶！」程無突然怪叫一聲。

「怎麼了嗎？」屋主連忙問道。

「你這邊有沒有口罩？隨便哪一種都可以，看是布口罩，或是防塵的，還是醫療用的都可以。」程無突然提出一個無厘頭的要求。

「口罩？」屋主搔了搔後腦杓，「沒有耶，怎麼突然要口罩？我們作法事也要戴口罩嗎？」

「那你到樓下幫我買個一包口罩回來吧，我們這個法事沒有口罩還眞的做不起來。」程無吐出煙霧，露出一個怪笑。

屋主雖然一頭霧水但也只能乖乖照辦，程無獨自留在屋內，他從皮箱拿出黑色原子筆及筆記本，坐在沙發上，倚著窗前透進的陽光，偶爾振筆寫著筆記，偶爾單手摸著下巴沉思，吞吐煙霧之間，那模樣像個推理偵探，也像個構思故事的小說家。

「大師！我買了這個……」十幾分鐘後，屋主買了一包淺藍色醫療用口罩回來，只見程無閉起眼睛，筆記本放在桌上，右手還刁著菸，左手食指放在嘴邊示意屋主噤聲，似乎害怕難得的靈感被世俗的紛擾吹散。

屋主雖然心裡嘀咕從來沒看過道士這種作法方式，但程無的名聲實在響亮，他也只能打住話語，乖乖拿著一包口罩不敢亂動。

程無腳邊的菸蒂越來越多，揮發的煙霧好像都化作筆記本上潦草的文字，最後他終於寫上結尾，探頭探腦的屋主看到的是：「聚散無常，祝福你們。」

「好，開工了！」程無站起身子伸了個大懶腰，哈哈怪笑拿走屋主手裡的口罩，並向他比了個大姆指，「這個超渡劇本保證感人肺腑、賺人熱淚。」

屋主只能點頭傻笑，心裡只能默禱希望這個怪傢伙真的靠得住。

只見程無將剛寫完的幾張筆記紙撕了下來，又從黑色皮箱內拿出一疊黑色紙張，攤開來竟然是一個等比例大小的紙製黑色皮箱，他把筆記紙放了進去，又放了紙手搖鈴、臉膜、口罩、紅布等等雜七雜八的紙製道具，最後隨手抓了一把紙錢進去，闔上紙製皮箱。

「有燒金桶嗎？還是隨便拿個鍋子來也可以。」程無東張西望，屋主到陽台拿了一個不鏽鋼燒金桶過來，這裡也不知道請過多少法師來作法，燒金桶已經算是標準配備。

程無將紙製皮箱丟了進去，用點菸的打火機點燃它，屋內亮起焚燒的火光。

程無脫掉夾腳拖，掏出了手機，滑著螢幕也不知道在設定什麼，設定完成後，他將手機放在客廳桌上，又點了一支菸，坐在沙發上，在自己的雙眼綁上紅布，赤足踏地。

「幫我拿著。」程無只抽了一口，就請屋主拿著菸，他自己戴上了淺藍色的醫療用口罩。

紅布之中，程無閉起眼睛，嘴裡喃喃唸著咒語。

睜開眼睛，他來到了那座公園，看見了坐在長椅上獨自哭泣的莊智邦。

在他又閉上眼睛之前，看到莊智邦一把將口罩撕成兩半，表情無比堅定，他誠心祝福這對父子。

拿著菸的站在一旁的屋主不知所措，突然客廳桌上的手機鬧鐘鈴聲響起，濃厚的音樂，滄桑的男聲，是伍佰的《讓水倒流》，一首試圖重新編寫時空的歌曲。

「還好還來得及。」程無終於拿下雙眼的紅布，脫下口罩，拿回屋主手裡還沒熄滅的菸，深深抽了一口。

吐出煙霧瀰漫之際，他彷彿看到屋內他們父子的身影。

——看他們穿著運動服的模樣，是要一起去打球吧？程無謎起眼睛，一時之間竟也分不清楚虛幻或者現實。倒轉時空的歌聲依舊，此時此刻，或者彼時彼刻。

第四篇

伊達

路邊攤

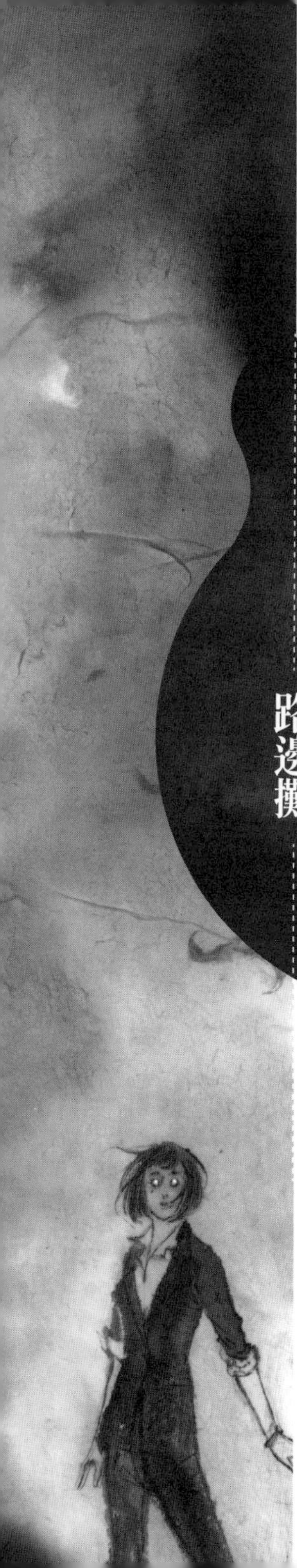

1.

禮拜五，週末假日前的傍晚時分，正是上班族放下一整個星期的工作壓力，藉由聚餐、唱歌等各種娛樂活動來消耗所有體力的時刻。

多數人會藉由這個夜晚將體力發洩殆盡，然後帶著疲憊的身體進入被窩睡到天昏地老，這樣放縱的生活作息，似乎已經成爲多數人休假時的標準流程。

生理時鐘被打亂之後，禮拜天的夜晚往往睡得特別不好，人們只能用殘缺的精神迎接憂鬱的星期一，直到下個禮拜五的夜晚……人們就是這樣反覆陷入如地獄般的輪迴。

時間已經將近午夜，但還是能從不少店家內聽到民眾們的喧譁聲，在禮拜五的夜晚，營業時間往往都會往後延長。

儘管已經酒足飯飽，但大家仍東拉西扯地聊著各種無關緊要的八卦，只想把夜晚的狂歡時刻延長久一點。

不過，並不是每個人都這麼想的，恨不得馬上從荒唐飯局中脫身的也大有人在。

抱著這種想法的人，通常是出於無奈才參加聚餐，他們實際上根本不想跟其他人互動，他們假裝融入人群、裝出開心的笑臉，但他們心裡很清楚，自己永遠不會是社交圈的一份子。

「……十二點還沒散場的話，就先走吧。」

思萱看著同桌的其他同事，心裡下了這樣的決定。

四個小時前，思萱跟同事們在這間居酒屋坐下用餐之後，她只開口講過三句話，而且她相信絕對沒有人認眞在聽，因爲對其他同事而言，思萱只是被定位爲「邀請來聚餐好像沒話聊，但不邀請又會顯得很不禮貌，就讓她來湊人數分攤費用吧」，如此可有可無的角色而已。

同事們像是聽到思萱的心聲似的，在剩兩分鐘就來到午夜十二點時，思萱的主管終於站起來，說出關鍵的一句話：「好了好了，人家也快打烊啦，走，下一攤下一攤。」

主管口中的「下一攤」指的通常是夜唱或打保齡球，兩種活動在深夜的消費都有折扣，同時也是思萱單位在聚餐後最常見的例行活動。

「思萱，要一起去嗎？」儘管已經知道思萱的答案了，但同事還是對思萱發出了邀請。

當然，思萱的答案從來就只有那一句：「時間太晚，我要先回家了，下次再一起去吧。」

對思萱來說，參加這種象徵性的聚餐，就已經是她爲了融入人群在社交上的最大付出了。

慶幸的是，同事們從來不會逼思萱參加續攤的活動，他們不會因此把「不合群」的標籤貼到思萱身上，彷彿他們也知道聚餐就是思萱的極限了，用餐時，同事們也會讓思萱一人從容獨處，除非有必要，不然不會隨便邀請她加入話題。

各方面而言，思萱覺得這些同事待她還不錯，這也是她缺陷的人生中，難得存在的小確幸。

2.

「黃小姐，妳回來啦，今天有妳的包裹喔。」

思萱一走進社區大門，原本坐在櫃檯後面的夜班保全馬上站起來，把思萱的包裹放到桌子上。

這裡只是租金平凡的一般社區，簽約合作的物業也非一流公司，但被派駐到這個社區的保全員倒是十分盡責，思萱曾經聽房東說過，這位夜班的保全大哥已經在這個點服務五年，只要有新住戶搬進來，他能夠馬上記住對方的臉孔跟名字，住戶只要一踏入社區大門，他就能用最快的速度把住戶的信件及包裹拿出來。

思萱之前還看過一則新聞，有個國小警衛可以把全校的學生臉孔及姓名都記下來，只要家長的車一靠邊停，他就知道是來接哪個學生了。

「如果是我的話，應該也能做到吧……」思萱看到那則新聞時，心裡是這麼想的。

但她目前之所以無法做到，其重點並不是她的記憶力，而是在於她無法用正常的方式去看其他人的「臉」。

思萱把從保全手上接過的包裹抱在懷裡，一邊低頭看著寄件人的姓名跟資訊，一邊走進電梯。

寄件人的名字對思萱來說再熟悉不過了，因爲這個名字她已經看了二十四年，那正是父親的名字。

回到自己的房間後，思萱所做的第一件事就是先把包裹拆開。

「果然又是這些東西呀，家裡已經很多了說。」思萱的嘴雖然發著牢騷，但卻是帶著笑容的，畢竟來自父母的愛是怎樣都不嫌多的。

父親的包裹內有著堅果、葡萄乾、以及各式營養沖泡飲品，還有各種補品，思萱的父親每次寄包裹來，內容物總是大同小異，不管思萱跟他說過多少次不需要再寄類似的東西來，但來自父親的愛每個月還是會準時寄到。

思萱的父母其實跟她住在同一座城市，只是思萱找到工作後就果斷從家裡搬了出去，一來是不想給父母太多負擔，二來則是避免自己看到父母的臉。

有些人可能是因爲家裡有一個易怒的暴力父親，或動不動就尖叫的瘋癲母親，才會厭惡父母並不想看到他們，但思萱的父母並不具備以上特質，他們只是在普通家庭中都能看到的、十足愛著孩子的平凡父母。

對思萱來說，會不想看見父母的臉，問題點並不在父母身上，而是出在她身上。

每當思萱看到雙親的臉孔，她心裡直覺的情緒並不是欣喜，而是心室裡彷彿被刀子扎出一個洞般的劇烈疼痛。

每次每次，思萱都能清楚感受到，從那個洞口流出去的不只鮮血，還有她這二十四年來所累積的愧疚……

把包裹內的補品一樣一樣收到櫃子裡後，一張小卡片從包裹紙箱內飄到地上，思萱彎腰將卡片撿起，卡片上的是父親的筆跡。

思萱的父親在每個包裹中，總是會附上對女兒叮嚀的小卡片，他這次所寫的是：「不要因為看不到，就忘記對同事微笑了喔。」

在筆跡旁邊，父親還畫了一個簡單的小笑臉。

準確來說，那並不算是完整的一張臉，父親在充當臉龐的圓圈內只畫了兩個小小的半圓形，代表因為微笑而彎曲的眉毛，在眉毛下方則是一片空白，沒有鼻子跟嘴巴等五官。

因為思萱的父親知道一件事情，那就是思萱沒有辦法看到「臉」。

把父親寄來的東西收進櫃子裡後，思萱一邊將沾滿居酒屋燒烤氣息的衣服從身上褪下，一邊走進浴室準備洗澡。

蹲下來把衣服塞進洗衣籃後，思萱在站起來的時候，剛好跟浴室鏡子中的自己面對面。

每當看見鏡子中的自己時，思萱常有一種盯著陌生人看的感覺。

在她二十四年的人生中，思萱從來都不知道自己的臉到底是什麼模樣，因爲她看不到。

思萱從鏡子上只能看到自己的眉毛跟眼睛，至於下半部的鼻子、嘴巴、以及整個臉形的輪廓，全都被一個看起來像口罩的物體給蓋住了。

但是思萱現在並沒有戴口罩，這副口罩在眞實中並不存在，它只存在於思萱的視線及大腦中。

這副口罩不只遮住了思萱的臉，同時也遮蓋了思萱對於「人類的臉」的認知。

臉孔。

五官。

臉形輪廓。

一想到這些字眼，每個人的腦海中一定會直接聯想到一張臉，那張臉可能是自己的臉，或是愛人或父母的臉……但對思萱來說，「臉」除了文字上所帶來的解釋之外，就沒有別的意義了，因爲她看不到任何人的臉。

究竟是從幾歲開始有這種現象的，思萱自己也不知道，在她感覺到自己的意識開始獨立、並擁有記憶之後，在她眼中的便是這樣的世界。

每個人的五官，不管是現實中存在的人類，或是漫畫裡的虛構人物、以及電視電影上的演員及特效人物……他們的臉在思萱的世界裡全都戴著一層口罩，就連鏡子裡的自己也是如此。

就像剛剛的聚餐，在思萱眼中，同事們的動作並不是在吃東西，而是在把食物塞進口罩裡面。

思萱一開始並不知道那是口罩，只知道有一層東西把每個人的臉都蓋住了，她因此認不出任何人，就連父親與母親，她也只能靠著聲音跟體型來認得他們。

在思萱還只有四、五歲的時候，思萱的父母還以為她只是在認人這一塊比較遲鈍而已，但隨著思萱進入幼稚園就讀，這個問題才終於被發現。

當幼稚園老師請每個人畫出爸爸媽媽的樣貌時，其他同學的畫雖然醜了一點，但基本的四肢、以及臉部上的五官，都還能潦草地描繪出來。

只有思萱，她所畫出的父母臉部除了眼睛之外，就沒有其他東西了。

「思萱，怎麼沒有把爸爸媽媽的臉畫出來呢？」幼稚園老師當時這樣對思萱說著。

思萱手中緊緊捏著蠟筆，不敢說謊的她幾乎要哭出來了：「老師，我爸爸媽媽就是長這個樣子……」

「怎麼會長這個樣子呢？爸爸媽媽應該有鼻子跟嘴巴才對喔，不然這樣好了，來，妳先把老師的臉畫出來看看吧。」老師以為思萱不擅長畫人的臉部，因此打算慢慢教她。

但思萱只是茫然地抬起頭看著老師的臉，說：「可是老師的臉跟爸爸媽媽一樣，都是這樣啊。」

「不會喔，老師跟思萱一樣，都是有鼻子跟嘴巴的，不然思萱妳先把自己的樣子畫出來，好不好？」

「可是……可是……」思萱的右手仍捏著蠟筆，左手則顫抖著摸上自己的臉，「我的臉也是這樣呀，我有摸到自己的嘴巴跟鼻子，可是我從鏡子上看不到……」

思萱的這幾句對話讓老師覺得不太對勁，老師接著又問了幾個問題，發現思萱對於人類的「臉」完全沒有一點概念，她雖然能用手觸摸自己的臉部，卻不知道那是什麼形狀。

老師將這個問題轉達給思萱的父母，他們決定帶思萱去給醫生檢查看看。

經過診斷後，醫生認爲思萱罹患了極爲特殊的「面部辨識能力缺乏症」，也就是一般人所說的臉盲症。

臉盲症患者最常見的情形是，他們能夠看到每個人臉上的五官，也能清楚地說出名稱，並指出在臉上的位置，但他們卻無法分辨每張臉的不同之處，人類的臉孔對他們來說都是一模一樣且無法辨別的。

思萱的情況在相較之下就顯得特殊許多，因爲在她所看到的世界裡，每一張臉都戴著口罩。

這些口罩在思萱的眼中只有模糊的形體，就像由雲霧所組成一樣……但蓋在鼻子跟嘴巴上的那種形狀，以及掛在耳朵上的兩條繩子，都證明著那的確是口罩。

戴著口罩的臉，就是思萱對「人臉」的定義，因爲她從來沒有親眼看過人類的完整五官，只能透過雙手在自己的臉上摸索、猜測著自己的樣貌。

自己的嘴巴跟鼻子，還有整張臉……到底是長什麼樣子的呢？

父親跟母親的臉，又是長什麼樣子的呢？

爲什麼上帝選擇保留我的視力，卻要剝奪我識別人臉的能力呢？連摯愛的雙親臉孔都看不到，還有什麼比這個更殘酷？

意識到自己眼中的世界跟正常人有所不同後，思萱知道自己的人生將會特別不同，無法想像的艱辛跟孤獨都在未來等著她，但這並沒有成爲她放棄人生的理由。

思萱的特殊狀況，除了父母之外，就只有國小、國中、高中等不同求學時期的幾位班導師知道，班上同學則毫不知情，思萱盡可能用最正常的方式來融入班級，用聲音、身材、眼神或髮型來識別每位同學的身分。

其中思萱最常用來認人的是聲音，只要仔細聆聽的話，其實班上每個同學的聲音都有獨特之處，只要對方一開口，思萱就能知道是誰在叫她。

扣掉聲音之後，思萱開始學會解讀對方的眼神。

人類的眼睛是思萱唯一能看到的五官，所以她在觀察眼神的方面也變得特別敏銳，只要一對到眼，思萱就能知道對方想找她幹嘛了。

是來借錢嗎？或是來借筆記的？還是等一下考試要我幫忙作弊？思萱只要看眼睛就能猜到對方的意圖。

雖然勉強能正常跟同學相處，但思萱平常在班上的活動都保持得很低調，盡量不主動去交朋友，跟每個人之間的情誼也只維持在「普通同學」這一階段，畢業之後就不再跟同學們聯絡。

因爲思萱懼怕被其他人知道眞相……原來相處這麼多年的同學，根本就看不到自己的長相嗎？到時大家又會怎麼看她？明明自己沒有做錯事，但這件事卻讓思萱一直有著罪惡感。

每次有人主動來找思萱講話時，思萱雖然都裝作沒事的樣子，但心裡想的卻是：「其實我根本不知道你長什麼樣子，對不起……」

就像她每次回家見到父母一樣，明明是世界上最愛自己的人，但卻永遠看不到他們的臉……思萱一想到這點，永無止盡的愧疚就會讓她的身體失去力氣。

進入社會工作後，思萱來到一間運動雜誌當文字編輯，由於在圖像上無法對人臉進行識別，所以文字就變成了她最好的工作夥伴，思萱編輯出來的文章在寄給總編審核之後，常常一次就過稿了，其他同事因此常常拿著被總編退回的文章來找思萱，請她幫忙編輯，在編輯上的技能讓思萱成爲辦公室裡受歡迎的對象。

儘管如此，思萱還是保持著低調的行事作風，除了工作上的事情之外，盡量不跟同事閒聊。

像今天晚上這樣的例行聚餐，已經是她參與社交活動的最大極限了。

「我到底長什麼樣子？」

每天盥洗前，思萱都會像這樣駐足在鏡子前面，用手輕輕摸著自己的臉，但不管她的手怎麼努力，都無法將自己臉上的口罩拿掉。

3.

「喂！等一下，妳是思萱嗎？」

思萱走在路上，正在尋找餐廳用餐的時候，身後突然傳出這樣的叫喊，而且對方竟然還知道她的名字。

思萱整個人突然像是當機一樣，整個人停下腳步，僵在人行道上一動也不動。終於來了，她最害怕的時刻總算到了。

今天是禮拜六，思萱在假日要是沒有回去找父母的話，都是一個人度過的，就像日劇「美食不孤單」中的井之頭五郎一樣，一個人到處遊蕩，尋找著可以獨自享用的美味餐廳，是思萱在假日唯一的休閒娛樂。

之所以選擇如此封閉的生活，因爲她害怕的正是碰上這樣的情況……

「果然沒錯！妳果然是思萱，妳還記得我嗎？」

身後的聲音仍持續說著，思萱別無選擇，只好慢慢轉過身，強迫自己跟對方面對面。

對方是一位穿著黑色上衣跟棕色半身裙的女性，打扮相當年輕，年齡應該跟思萱差不多，但是對方的臉上有著「伊達」，思萱認不出對方的身分。

「伊達」是思萱後來才替那些只出現在她眼裡的口罩所取的稱號，這個稱號來自日本，原名是「だてマスク」，可以稱爲伊達口罩或裝飾用口罩，戴這種口罩的人，通常都不是因爲健康因素才戴口罩，而是爲了隱藏自己的表情、不喜歡自己的長相、或是會覺得更有安全感等等原因才戴的口罩。

「喔，呃……妳好。」思萱故作鎮定，但心裡其實已經慌成一片了，她飛快地在腦裡抽取對每個聲音的記憶，想找出眼前這個人的聲音到底是屬於誰的，是國中同學？高中同學？還是在工作上偶然接觸過的對象？

許多聲音的記憶早已遺失，思萱怎樣也想不起來，但「請問妳是哪位」這句話思萱又問不出來，要是問出來的話，對方一定會很失望的吧……

最後，思萱只好裝傻回答：「那個……好久不見了呀。」

「對呀！六年沒見過了吧！妳現在還有跟誰在聯絡嗎？」對方的聲音聽起來非常開心，臉上戴著的伊達也慢慢變成了粉紅色。

伊達所顯示出來的顏色，可以說是思萱無意間獲得的一種特殊能力，當其他人的情緒發生變化時，臉上的伊達也會跟著變色，就算人們在現實生活中戴上眞的口罩，也會被伊達給蓋過去。

思萱曾經用自己來做實驗，她發現在心情平靜的時候，伊達會維持在藍色或白色，開心的時候會變成粉紅色，心情不好的時候會變成黑色，生氣的時候則會變成紫色。

雖然還無法做到心電感應的程度，但思萱可以透過伊達的顏色來察覺對方的心情，這項能力在工作上偶爾也會派上用場。

對方的伊達變成粉紅色，代表她很開心能遇到思萱，看來是以前跟思萱感情還不錯的朋友，但思萱就是想不起來對方是誰。

「這個……我幾乎沒有跟其他人聯絡了耶。」

「眞的嗎？我們偶爾還會聊到妳說，但是我們都不知道怎麼聯絡妳，不然有好幾次聚餐都想找妳一起來的！」

「啊，眞的嗎？哈哈。」

思萱只能用微笑來應對，六年沒見過面了……所以代表對方是高中時的某個同學嗎？

就算有了線索，思萱還是認不出對方，畢竟六年的時間對一個人所產生的變化實在太大了。

爲了避免情況繼續尷尬下去，思萱只好想辦法先脫身：「對不起，我等一下還要趕捷運，那個……之後有空的時候我們再聊好嗎？」

「咦？可是我還沒有妳的……」

不等對方說完，思萱已經移動腳步，咻一下跑進旁邊的捷運站入口裡了。

混入捷運站如急流般的人潮中，思萱一股作氣通過驗票閘，小跑步到月台，剛好坐上一班正要關上車門的捷運後，她才停下來稍微喘了口氣。

雖然這麼做很不好意思，但這是唯一的方法，要是繼續聊下去，對方很快就會發現思萱根本不認得她，這是思萱最不願見到的。

捷運的假日人潮相當多，車廂中早就沒有可以坐的位置了，思萱只好找個位置先站著，剛才的突發事故讓她打消了找餐廳吃飯的計畫，她決定先坐車回去，在社區附近找東西吃就好。

就在思萱正在思考社區附近還有哪些美食的時候，她的眼神不經意地朝後面一列車廂飄去。

然後，她看到了一張臉。

那是一張完整的臉。

眼睛、鼻子、嘴巴，直至下巴的輪廓，整張臉一覽無遺地展現在思萱的眼前，沒有被伊達所遮蓋。

這是思萱第一次完整看到人類的臉部，但她沒想到竟然是在這樣完全沒有準備的情況下看到。

思萱的大腦頓時無法思考，因為她還在努力接受這幕畫面帶給她的震撼。

那是一張年輕女子的臉龐，秀氣的鳳眼、小巧的鼻梁、以及兩片輕薄的嘴唇……當思萱的腦袋重新恢復運作時，「美女」兩個字從她腦中的字典裡被提了出來。

美女的定義到底爲何，思萱從來沒有眞的理解過，但看到這張女子的臉龐後，她知道了，美女指的就是在形容這樣的一張臉吧。

爲什麼自己突然可以看到其他人的臉？難道是我恢復正常了？

……不對呀，捷運上其他乘客的臉都還戴著伊達，只有那位女子的臉上什麼都沒有，這到底是怎麼一回事？

在完全反應過來之前，思萱出於本能反應，身體已經開始往後方的車廂前進，試著接近那名女子。

「不好意思，請借我過一下。」思萱一一推開擋住前方的乘客，這種行爲招來了不少白眼，但思萱現在根本不在乎這個。

好不容易來到下一列車廂，思萱卻找不到女子的身影，停下來一看，那名女子竟然移動到更後面的車廂，而且她彷彿也知道思萱在找她，整張臉平靜地直盯著思萱。

在女子的注視下，一股如電流般的奇妙感覺貫穿了思萱全身。

思萱有一種預感，那就是這名女子知道一切，她知道思萱身上發生的事情，她知道爲什麼思萱會在每個人的臉上看到伊達……這名女子就是關鍵。

「請等一下！」思萱這次直接對著女子大喊，同時繼續往女子的方向前進。

但在思萱趕到下一節車廂後，女子又緊接著移動到下一節車廂，她像是刻意不讓思萱找到，又像是想把思萱引到另一個地方……

當思萱終於追到最後一節車廂時，女子的身影已經消失無蹤。

此刻，思萱才發現自己坐過站了。

在便利商店隨便買了一個便當後，思萱匆忙趕回了家裡，因爲食物現在對她來說已經不是最重要的了。

出現在捷運車廂裡的女子臉龐，現在才是最重要的事情。

思萱在書桌上拿出紙跟筆，想靠著自己的記憶把女子的臉給畫出來。

從小到大，思萱的畫工一直是很不錯的。

她曾經也想靠著畫作來試著模擬出自己或父母的長相，但是在她的筆下，所有的臉都被伊達罩著。

不管是現實或是虛擬，只要是跟五官有關的事物，在她眼裡都會被伊達所遮蓋，就算她畫出來了也看不到。

但現在終於出現了一個例外，那女子的臉……自己可以清楚看見那名女子的五官，如果靠著記憶畫出來的話，能成功嗎？

思萱屏住呼吸，在腦中回憶著女子的臉孔，用最小心的筆觸把每一個細節全都畫出來。

當最後一筆描繪完成後，思萱將筆輕輕放到一旁，她的眼睛就像經過調整的顯微鏡般，瞳孔被無限度的放大，爲的就是要看清楚畫紙上的內容。

她看得到，而且看得很清楚。

雖然無法描繪到跟眞人一模一樣，但大致的輪廓是一樣的。

女子的長相被思萱描繪到紙上後，整張臉部輪廓以及五官構造都完整的呈現在紙上，伊達這次無法遮蓋思萱的視線了。

原來人類的臉，就是長這個樣子的……

「妳到底是誰？」

思萱將手放到畫紙上，用手指尖端輕輕撫過自己的筆觸，觸碰著她人生中唯一能看到的這張臉。

4.

「能打擾你一下嗎？」

看到思萱走來自己的座位，銳凱開始懷疑自己的眼睛，因爲從他進入這間公司以後，思萱跟他之間是完全沒講過一句話的。

思萱是在編輯部，自己則是負責影音平台及宣傳上的動畫設計，在工作上並沒有重疊及需要交流的部分，所以銳凱完全猜不出思萱口中「打擾一下」的背後到底還隱藏了什麼意圖。

「喔、喔，我……我、我現在剛好不忙。」銳凱回話時有些結巴，這是他在跟女性對話時常有的壞習慣。

銳凱把椅子從電腦螢幕前方轉過來面對著思萱，並把雙手放在膝蓋上面，像極了一個準備聽訓的軍人。

在跟女性一對一溝通時，銳凱總是會表現得比上戰場還緊張，原因很簡單，因爲從讀書到出社會工作，他在女友數量以及跟女性交往的經驗值上都保持著完美的零，是個活生生的女性絕緣體。

原因無關長相及個性，就交往對象來說，銳凱在各方面絕對都是合格的，其中的問題他自己也很清楚，那就是他一跟女生說話就會緊張臉紅，最後在尷尬的氣氛中錯失機會。

這個問題其實可以透過大量的練習來避免，但他一直無法跨出「主動約女生」的那一步，才會導致現在零的完美紀錄。

因此也可以想像，當思萱主動來找銳凱說話時，他的反應會有多不知所措了。

銳凱對思萱的印象就是編輯部裡面話很少的女孩子，她在工作上的表現極爲出色，常常可以看到總編在稱讚她，不過思萱好像不喜歡搶鋒頭，平常很少跟公司裡的人互動，不只銳凱，好像有很多人都沒有跟思萱講過話，就算公司偶爾有聚餐，思萱也只是坐在角落默默用餐而已。

另外，思萱看起來很少化妝，跟其他同年次的女同事相比，她的臉上總是顯得很樸素，不過這並無法改變思萱是個清秀美女的事實，要說銳凱對思萱完全沒有意思的話，那絕對是騙人的。

「找我有什麼事情嗎？」

銳凱好不容易才控制住呼吸、克制住結巴的壞習慣，說出一段完整的句子。

但思萱接下來說的話，卻又讓銳凱的心跳瞬間加速，在短短一刻喪失了所有語言能力。

「如果你中午有空的話，要一起吃飯嗎？」思萱問。

「蛤？啊？妳說……呃啊？」

喪失語言能力的銳凱只能簡短吐出幾個單字，思萱以爲自己沒聽清楚，於是又重複了一次：「等一下中午的時候，要一起吃個飯嗎？」

「喔、喔！哇啊，這個！」銳凱終於能勉強做出答覆，「可以呀！妳不嫌棄的話！」

銳凱回答的時候一邊把背脊整個挺直，像在回覆軍令的軍人似的，每個字都充滿力量。

「我知道有間墨西哥捲餅很好吃，那午休的時候我們就在一樓門口碰面囉。」

「好的！沒有問題！」銳凱紅著一張臉說著。

同時，在思萱所看到的畫面中，銳凱臉上的伊達已經變成粉紅色了。

在走回自己的座位時，思萱輕輕捏著自己的臉，從來不知道自己長相的她，心裡正想著一件事。

沒想到我約他吃飯，他的反應會這麼開心呀？

因爲看不到自己的臉，所以思萱平常在出門時都沒有化妝，這讓她在打扮上一直不是那麼有自信。

不過剛剛看到銳凱的反應後，思萱開始對自己的長相有了信心，說不定……自己也算是個正妹呢？

在從公司門口走向墨西哥捲餅店的路上，銳凱緊張到全身肌肉僵硬，走路的姿勢看上去跟踢正步沒兩樣。

相比之下，思萱走路的動作就正常多了，不過思萱一路上都沒有開口跟銳凱說話，銳凱也不敢主動開始話題，兩人間就這樣保持著詭異的沉默，並肩行走著。

直到在墨西哥捲餅店拿到菜單之後，思萱才開口說話：「這間店我推薦的是這幾份套餐喔，你看一下。」

「喔！我覺得……都可以呀，看起來都很好吃！」銳凱在思萱旁邊正襟危坐。

在點完餐後，思萱開始以工作爲話題，跟銳凱有一搭沒一搭地聊著。

但思萱也是個不擅長聊天的人，再配上動不動就緊張的銳凱，兩人間的氣氛簡直尷尬到不行，就算如此，銳凱還是很享受這段時間。

事實上，銳凱已經察覺到，思萱會邀他來這裡吃飯是有目的的……不過就算自己這次只是被當成工具人來利用，他自己也覺得很開心了。

「那個，可以請你幫我一個忙嗎？」

就在餐點被送上來的這一刻，思萱終於說出了自己的目的：「你的專長是

3D繪圖吧？可以請你幫我畫一張圖嗎？」

「喔？」銳凱手中拿著墨西哥捲餅，思萱的要求讓他把已經張開、準備咬下第一口捲餅的上下顎又合了起來，並問：「是怎麼樣的圖呀？」

「這個。」思萱從提包裡拿出一張紙放到餐桌上，那正是她在禮拜六遇到的那女人的畫像。

銳凱把餅放到桌上，兩手拿起畫像在眼前端詳著，整個人轉換爲工作模式。或許銳凱並沒有注意到這一點，那就是當他進入工作模式時，跟女性相處時的緊張感就會突然消失，整個人變成另一種具有專業魅力的人格。

「可以請你把這個人的臉用另一種方式畫出來嗎？」思萱解說道，「就是像現在遊戲跟電影裡常看到的那樣，把她畫得跟眞人一樣……」

「當然可以囉。」銳凱把畫像放下，對思萱露出「儘管放心」的笑容。

當然，思萱只能看到銳凱臉上的粉紅色口罩，而看不到他的笑容，不過從銳凱因爲微笑而彎成半圓形的眼睛中，思萱可以感受到那股安心。

思萱接著問：「你可以幫忙的話就太好了，那你覺得要多少呢？」

「啊？」

「像你們這樣的動畫師在接案子的時候，不是都會先報價的嗎？」

原來是在說這個呀，銳凱笑著揮了揮手，說：「沒關係的，不用錢沒關係啦。」

「等等，哪能這個樣子……」

「大家都是同事，不用收錢啦。」

「雖然我們是同事，但我們之間並不算熟呀。」思萱堅持著，「你就報價吧，不管金額多少都可以，我絕對不能讓你免費幫我畫圖。」

「這個……」銳凱抓著下巴，顯得有點爲難。

這時，不知道哪來的靈光一閃，忽地擊中了銳凱的腦門。

……會不會，就是這個時刻了？

現在的自己並沒有因爲跟女生談話而感到不自在，反而覺得很有自信，好像一切都在掌握中，沒有什麼好怕的……

工作模式所帶來的自信心徹底驅趕了銳凱的不安，終於讓他有動力說出這句話：「那下次週休假日的時候，妳可以跟我一起去大豐商場逛逛嗎？」

「好啊。」思萱幾乎是在下一秒就答應了，沒有一點猶豫。

「欸？」思萱的乾脆反而在銳凱的預料之外，他疑惑地問：「眞的可以嗎？我是說……希望妳不會覺得很奇怪。」

「當然不會，如果這是你想要的，那我就陪你去吧。」思萱說道。

事實上，在思萱的腦袋裡，她是這樣理解的：「銳凱應該是要去商場買東西，需要人幫忙拿，或是他想去一些兩人以上同行才有優惠的店家，但一直找不到人去吧。」

總之，思萱還沒有往約會那一塊做聯想，算是單純得可愛。

「好！那就這麼說定了喔！我那天也會一起把完成的檔案交給妳的！」

鋭凱笑得更燦爛了，思萱也感覺他臉上的伊達所滲出的粉紅色變得更耀眼了。

「那可以問一下，畫像中的這位女性是誰嗎？因爲這會影響到作品的風格。」

爲了以防萬一，鋭凱問了這樣一個問題，這位女性有可能是思萱的家人或是普通朋友，鋭凱必須依身分的不同來決定繪圖的方式。

「嗯……這個人是……」思萱想了一下，最後決定說實話，「我並不認識她，但是我想找到她。」

如此奇妙的回答，一下把鋭凱的好奇心勾起來了：「該不會……她是妳從小就失散的母親嗎？還是從未見過面的親生姐妹？」

「我也不知道，不過我比你還想知道答案。」思萱的眼睛同時盯住鋭凱的雙眼。

思萱一開始會找鋭凱幫忙，就是因爲他簡單純粹的眼神。

而現在，思萱有了另一步的計畫，或許她可以更進一步信任鋭凱。

思萱說：「這樣吧……等這週末我們一起去商場的時候，我再把她的事情都告訴你，到時你可以自己決定要不要幫我，好嗎？」

鋭凱的眼神沒有任何變化，因爲他早就做好決定了，不管思萱需要什麼幫忙，他都會立刻點頭答應。

5.

大豐商場是市區內屬一屬二的大型商城，裡面除了購物中心跟各種餐廳之外，還有電影院、保齡球館、KTV等遊樂設施。只要到了假日，大豐商場內總是擠滿了人潮，裡面的餐廳要是沒有先訂位的話，等一兩個小時是絕對跑不掉的。

爲了這一天難得的約會，銳凱特地訂了商場內裝潢跟餐點都相當高級、但收費卻相對親民的一間熱門餐廳。

思萱決定在兩人用完主餐、等甜點上來的這段時間中，把自己在每個人臉上看到的伊達口罩、以及在捷運上遇到那名女子的事情告訴銳凱。

想當然，銳凱是全程瞠目結舌聽完的，他沒想到這輩子難得遇上一次的事情，這禮拜全被他給遇到了。

「妳說的是眞的嗎？」銳凱向思萱確認，並用手抹了一下自己的臉，問：「所以妳眞的看不到我的長相？那之前妳是怎麼認出我的？」

「並不是全部都看不到，我還是可以看到鼻梁以上的部分。」思萱在自己臉上比出大致的範圍，說：「我在公司裡主要還是靠髮型跟聲音來認人的，像你的話就很好認，因爲公司裡只有你留這種像中學生會剃的平頭。」

「對喔，好像眞的是這樣……」銳凱不好意思地往頭上摸了一下，又問：「所以妳眞的看不到自己的臉？」

「嗯，不管是在鏡子裡或是在手機鏡頭上，我的臉跟大家一樣都戴著伊達，聽起來眞的很悲哀吧……活這麼大了卻沒看過自己的長相。」

「難怪我一直覺得很奇怪，以女孩子而言，妳幾乎都沒有化妝的……」

「那對你來說，我是什麼模樣的？」

就像銳凱好不容易才問思萱要不要出來約會一樣，思萱也向他問了一個自己很久以前就想知道答案的問題：「在男生的眼中，我算是正妹嗎？」

「相信我，百分百絕對是。」

銳凱馬上回答了，從思萱解讀過那麼多人的眼神的經驗來判斷，銳凱並沒有說謊。

思萱對銳凱微笑，銳凱臉上的伊達則閃爍著幸福洋溢的彩虹色。

吃完甜點後，銳凱把筆記型電腦放到桌上打開來，並點出他所繪製的那名女子的3D繪圖檔案。

「我已經依照妳給我的畫像，還有口述的細節來盡量還原她的面貌了，再請妳看一下……」銳凱把螢幕轉向思萱。

不需要等思萱開口確認，因爲在螢幕轉過去的當下，銳凱就已經從她的表情知道答案了。

思萱的眼睛就像鎖定住獵物的野貓，瞳孔放到最大緊盯著螢幕中的女子。女子臉上的每一個細節，鼻梁的形狀、以及嘴唇上的每絲皺褶，思萱全都清楚看到了。

銳凱先給思萱幾分鐘的時間來消化這幅影像，然後才問道：「如何？是她嗎？」

「對，就是她沒錯。」思萱點點頭，「你眞的很厲害，她本人就好像眞的出現在螢幕裡一樣……」

「我可是靠這個技能吃飯的啊。」銳凱把螢幕微微轉過來，讓自己也能看到女子的畫像，問道：「所以妳的下一步計畫，是找到這個女的嗎？」

「嗯，你可以幫我嗎？」

「當然囉，現在只要善用網路，很快就能找到一個人的下落了。」銳凱自信地說，不過他對這名女子的身分還是有些疑問，「妳覺得這個女的……她眞的有辦法幫妳恢復正常嗎？」

「我也不確定，但或許她知道我會變成這樣的原因。」思萱說，「在我剛診斷出這種病的時候，我爸媽都覺得很意外，因爲他們記得，我在一、兩歲的時候，明明可以認出他們的臉的。」

「那妳對這點有印象嗎？」

「不，我完全不記得四歲之前的事了。」思萱晃了一下頭，說：「醫生也跟我爸媽說，我應該是在四歲之前遇到什麼事情才突然變這樣的……可能是因爲我在無意中看到了對大腦太過刺激的畫面，我的腦袋才把人類的臉孔從我的腦袋裡封印起來，不讓我再去觸碰。」

「所以妳現在的病，其實是一種保護機制嗎？」

「醫生說這只是其中一個可能而已，他也沒有把握。」思萱把眼神移回螢幕上的女子，「但我現在可以看到她的臉，代表她一定跟我的病有關係，搞不好她知道我那時候到底發生了什麼事情，也知道怎麼讓我恢復正常……現在只差找到她本人了。」

思萱說完後，緊接著把眼神移回銳凱的臉上，問：「要找到她的話，你有什麼辦法嗎？」

銳凱馬上就想到了好幾個點子：「我們可以編一些簡單的故事，譬如說……妳是在尋找以前失聯的鄰居姐姐，或是感情很好的小學同學之類的，我們只要附上這張模擬圖跟聯絡資訊，請有看到的人聯繫我們就好了。」

「但是我們不知道她的名字，只有這張模擬圖……這樣會不會很奇怪呀？」

「不會啦，我們只要說明清楚，因爲已經失聯很久，所以她的名字跟詳細資料都忘記了，只記得大概的長相，這張圖則是模擬出來後的結果，這樣就沒問題了，因爲不是眞正的照片，所以不會有隱私的問題。」

銳凱嘴巴上說起來頭頭是道，但他的手指卻不安地在電腦旁不斷敲打著，因爲他自己也知道，這件事並沒有想像中那麼簡單。

「雖然網路已經很方便了，不過我必須老實說，把文章發出去後，也有可能是完全沒有消息的……」銳凱想先幫思萱打好預防針，不過思萱早就做好準備了。

「我知道，至少我們終於踏出第一步了。」思萱的眼神仍停在銳凱的臉上，「從剛剛開始就沒有移動過，「這樣的生活我已經忍耐二十幾年了，再忍一段時間也沒關係，但是我不想直到我死了都還再忍耐，至少在我死之前，我想親眼看一下自己的臉，還有我爸媽的臉……」

思萱受到情緒的影響，雙眼慢慢垂下，不過她又很快把眼神抬起來，看著銳凱說：「然後還有你的臉，我也覺得一定要看到才行。」

「喔，其實我的臉沒什麼好看的說。」銳凱的臉一下漲紅起來，他搔著臉說：「我的長相就是個普通的阿宅，稱不上多耐看，妳看到後可能會很失望吧。」

「立場不一樣呀，對一個從來沒看過別人臉孔的人來說，不管怎樣的臉一定都是好看的。」

思萱這樣一說，銳凱的臉又更紅了，這是銳凱第一次慶幸還好思萱看不到他的臉。

兩人一邊享用餐後的甜點，並經過一番討論後，他們決定讓銳凱以「幫朋友找人」的名義在網路上發文，主要是考量到銳凱對現今的網路平台比較熟，有比較多管道可以將貼文散佈出去。

譬如說，銳凱就知道有幾個論壇設置了類似「協尋失聯同學、青梅竹馬」等功能的看板，這些都能派上用場。

至於貼文中的聯絡資訊，銳凱決定用他額外申請的手機門號跟電子信箱，這主要是爲了保護思萱，網路雖然方便，但壞人也是無法想像的多。

走出餐廳後，兩人先在商場的走道上散步一段路，大豐商場是一個O字形的圓形建築物，一樓中間空下來的區域除了兒童遊樂區外，還有表演舞台跟活動廣場，從樓上看下去的話，來回穿梭的顧客跟各種精彩的活動在廣場上就像萬花筒一樣，會讓眼睛瞬間找不到焦點。

兩人剛才用餐的餐廳位於八樓，從這個位置正好可以看到一樓廣場的全景。

思萱把身體靠到走道的欄杆上，對著一樓廣場伸展著手臂跟腰部，讓剛吃飽的身體舒緩一下。

比起思萱的悠閒，銳凱的腦袋裡卻如打仗般煙火四射，他現在煩惱的問題正是所有缺乏約會經驗男性的共同難題：接下來要去哪裡？

好不容易能跟女生約會，當然不可能就這樣輕易散場，無論如何都要繼續下去才行。

「那個……」銳凱不停想著大豐商場還有哪些設施是可以去的，最後做出了決定，「要去唱歌嗎？這裡的ＫＴＶ是24小時的，我們可以唱晚一點，反正明天不用上班……」

「可是我不會唱歌耶。」思萱說的是實話，她從來沒有去過ＫＴＶ。

「那還是我們去打保齡球好了？也是24小時的，吃飽剛好可以運動一下。」

銳凱馬上想到備用方案，思萱這次沒有直接拒絕，就在銳凱覺得還有機會的時候，他發現思萱好像不太對勁。

思萱仍把上半身靠在欄杆上，轉頭面對著銳凱的方向，但是她的視線似乎不是在看銳凱，而是在看銳凱身後的某個東西。

「是她……」思萱從嘴唇中輕輕吐出這兩個字。

「嗯？什麼？」銳凱以爲思萱是在回覆他，但沒聽清楚到底是「好」還是「不好」。

「她來了，在那邊。」思萱伸出手指，指向樓層逃生梯的方向。

銳凱以爲有認識的同事也來了，便順著思萱的手指看過去，但並沒有看到熟悉的面孔。

「誰來了呀？」銳凱問。

「就是她呀，那個女的。」

在思萱所看到的視線裡，那名女子就站在逃生梯的入口處。上次在捷運車廂中由於其他乘客的阻擋，思萱只能看見女子的臉龐，但這次她終於能清楚看到女子的全身了。

女子的身體就像漂浮在不明液體中的海草微微晃動，身上的黑色洋裝也像海草的葉子般不規律地擺動著，她的視線同樣盯著思萱，好像她知道思萱已經發現她了。

突然，女子的頭往旁邊一歪，像是對思萱發出「來追我啊」的邀請，整個身體像被逃生梯吸進去一樣，瞬間從思萱的視線中消失了。

「啊！」思萱驚得大叫，也沒時間跟銳凱多說什麼，一個縱步往逃生梯直接追了過去。

思萱突然拔足狂奔，這讓銳凱直接嚇傻在原地，一個絕望的想法甚至出現在他的內心裡：「難道跟我約會就這麼無聊嗎？」

還好，理智馬上把他從絕望中拉回來，等銳凱也追到逃生梯入口時，思萱已經往下跑好幾樓層了。

思萱每往下跑一層樓，那名女子就會刻意站在下一層樓的階梯上，抬起頭等著思萱追上來。

又來了……就跟在捷運上的時候一樣。

思萱忍著穿平底鞋跑步所造成的疼痛，一邊從階梯上不斷往下跨。

明明自己已經用最快的速度在追她了，爲什麼女子的表情還可以保持這麼冷靜，完全沒有一點喘氣跟疲累？

每跑下一層樓，思萱的心情就越不安。

女人那不慌不急的表情，好像她完全不擔心會被追上似的，她就像是一個餌，一個要把思萱引誘到特定地點的餌……思萱能隱約感覺到這點，但她別無選擇，只能繼續往前追趕。

當思萱從最後一扇逃生梯的門口衝出來時，在眼前的是寬闊的另一個空間，原來她已經追到一樓中間的廣場來了。

像萬花筒般的廣場畫面衝擊著思萱的視覺，人群、遊樂設施、各式的小攤販，過多的影像資訊讓思萱一下子眼花撩亂，等她好不容易將眼神再次聚焦時，已經看不到女子的身影了。

「搞什麼……爲什麼……」思萱走到廣場的中心點，不停向四處張望著，她認爲女子一定躲在廣場的某處，畢竟女子刻意把自己引到廣場上，總不可能這樣就消失了吧？

思萱在廣場中央不斷轉動著脖子跟身體，看在旁人眼裡，思萱就像一個正在尋找小孩的著急母親，直到商場的保全前來關心之後，思萱才停下幾近失控的舉動，對保全致歉：「對不起，我只是在找我朋友而已。」

「有需要幫妳廣播嗎？妳看起來好像真的很著急呢。」

這時，思萱的手機剛剛好響了起來，思萱馬上拿出手機，對保全揮手道：「眞的不用幫忙，他們已經打來了，謝謝你。」

思萱轉過身去接電話，保全看她好像眞的沒事了，於是轉身離開。

「喂？妳跑到哪裡去啦？」

打電話來的正是銳凱，他從逃生梯跑到四樓的時候就追丟思萱了，於是他乾脆留在四樓，用電話來問思萱目前的位置。

「我在一樓廣場的正中間，你呢？」思萱抬起頭想找到銳凱，但一時間無法找到。

「喔……我看到妳了！我在四樓這邊，妳的右手邊！」

思萱往右側的四樓看去，果然看到銳凱站在四樓的欄杆旁邊，正對著她揮手。

「怎麼樣？妳找到她了嗎？」銳凱在電話中問。

「沒有，她突然間就不見了……呼，好累。」腎上腺素降下來之後，思萱終於感受到一絲疲累，用手撐住膝蓋開始喘氣。

「妳先在那邊休息一下，我等一下就過去找妳喔。」

「好，麻煩你……」

思萱再次抬起頭看往銳凱的方向，在這瞬間，她感覺到腎上腺素又開始飆升，所有的力氣又都回來了。

「銳凱，你先等一下。」

「咦？怎麼啦？」

「那個女人就在你旁邊，你沒看到嗎？」

「蛤？」銳凱慌張地往左右看去，「是哪一邊呀？我旁邊沒有其他人啊。」

……怎麼可能會沒看到？

思萱幾乎要吶喊出來了。

那個穿黑洋裝的女子，就在你右邊不到一公尺的距離啊。

女子站在銳凱的旁邊，用一種同情的眼神往下朝思萱俯視著。

她跟她又再次對峙上了，只有銳凱仍在東張西望。

「妳到底要我怎樣，是在耍我嗎？」

這麼近的距離……銳凱卻完全沒發現女子的存在，難道她不是人類嗎？

「如果妳不是人的話，到底想來找我做什麼？」思萱緊緊握著手機，嘴巴裡用力咬住牙齒。

女子伸出右手，用手掌往外擺了一下，做出「快走開」的動作，接著轉過身，從欄杆邊消失了。

意思是要我快滾嗎？

如果一開始就不要我靠近，爲什麼要出現在我面前？爲什麼要給我希望？

我不會滾，而且我一定會找到妳……思萱手上的施力，讓手機上的保護貼跟著發出快要破裂的聲音。

「思萱，她到底在哪裡？我沒有看到人啊。」銳凱還在手機裡不斷詢問。

「抱歉，應該是我看錯了。」思萱冷冷回答，「我有點累，想先回家了。」

「咦？可是……」銳凱登時覺得晴天霹靂。

「對不起，網路貼文的事情就麻煩你了，我們下次再約好嗎？」

就算銳凱再遲鈍，他也知道現在不是挽留思萱的好時機。

「……我知道了，妳先回去休息吧。」

銳凱心有不甘地說出這句話，至少這場約會的前半段對他來說是美好的。

思萱掛掉電話，站在原地跟樓上的銳凱又揮了幾下手，代表再見。

在往出口走之前，思萱轉過頭把大豐商場的整個環境給看了一遍。

……那個女子現在應該不在商場中了吧，思萱心想著。

女子的行蹤神出鬼沒，能夠瞬間從廣場移動到銳凱的身邊，而且銳凱還看不到她。

如果她不是人類的話，那她會是什麼？鬼魂嗎？還是外星人？難道自己現在的病症其實是外星人的實驗是嗎？

思萱的腦中開始充斥各種妄想，讓她無法用常理繼續思考下去，她打算直接回家，好好洗個澡讓自己冷靜一下。

但在這個時候，思萱突然覺得眼前的畫面有點不協調。

她抬起頭盯著正前方的八樓，那是她跟銳凱剛剛用餐的餐廳位置。

就是那個位置讓她覺得不太對勁，就像眼鏡鏡片上的微小汙點一樣，明明不會影響到什麼，但看起來就是覺得怪怪的。

思萱現在所感受到的就是那種感覺……到底是哪裡有問題？

思萱瞇起眼睛，最後在八樓的餐廳門口處，她看到了問題所在。

有個男人正把手插在外套口袋裡，站在餐廳前方，似乎正在參考菜單，也有可能是在等人。

問題出在男人臉上的伊達，他的伊達竟然是紅色的。

在思萱眼中的伊達有著各式各樣的顏色，顏色會隨著人們的情緒而變化……

但在二十幾年的時間內，思萱從來沒有看過紅色的伊達。

爲什麼？爲什麼那個男人臉上的伊達會是紅色的？

不可能是眞正的口罩，就算人們眞的戴著口罩，也會被伊達蓋過去。

今天晚上所發生的事情實在太多了，在思萱還來不及做出任何反應前，男人已經從餐廳門口離開，走進商場內部了。

「爲什麼會是紅色的？」

思萱喃喃自語，她覺得她這二十四年來的人生，在這一晚全都被顚覆了。

6.

雖然約會的結果並不是完美的，但銳凱還是盡自己最大的努力，當天晚上就把網路貼文編輯完成，並發布到網路上。

在文章發布出去後，銳凱馬上傳了訊息給思萱：「妳要先做好心理準備，一開始可能不會有什麼效果，必須要等文章在網路上經過一段時間的轉貼跟分享後，才可能會有人來跟提供情報。」

剛洗完澡、整個人窩在棉被裡的思萱看到訊息後，也回覆了訊息：「謝謝你，今天晚上離開得很突然，對你很不好意思，禮拜一午休時我再請你吃飯喔。」

叮咚一聲，銳凱回傳了一個笑臉。

思萱會心一笑，她把手機放到床邊，將棉被高高蓋過頭部，閉上眼睛。

銳凱的貼文會不會有效果，思萱抱持著順其自然的態度，畢竟那女子已經是不存在於這世界的人了……或許眞的有她的親友會來聯絡銳凱，但那又如何呢？死掉的人要怎麼幫助她？

相比之下，思萱更在意的是那名戴著紅色伊達的男子。

爲什麼他會戴著紅色的伊達？是自己的病在不知不覺間又變嚴重了嗎？還是

那男子本身有特殊的地方？

鮮紅色的伊達變成思萱腦海中最不可抹滅的影像，伴著思萱進入夢鄉。

但那卻是一場殘酷的惡夢。

思萱行走於夢中的城市裡，街道上的每個人臉上都戴著紅色的伊達，身上遍體鱗傷。

仔細看，會發現紅色的部分不斷從伊達上面滑落，顏色只要一變淡，人們就會從自己身上的傷口挖出血來補上。

在這些人當中，思萱看到了銳凱，也看到了自己的父母。

同時，還有那名穿黑洋裝的女子。

女子的臉上沒有伊達，但她身上的傷勢卻是最嚴重的。

街道上的人們看到女子後，都爭先恐後地朝女子撲去，用她的鮮血抹上自己的臉，讓臉上保持血紅。

惡夢到此畫下句點。

在半夜驚醒過來後，思萱的第一個動作是拿起床邊的手機，等她回過神時，她才發現自己已經點出銳凱的電話，只差觸碰一下就會撥出了。

「……我到底在幹嘛呀？」思萱抹去臉上的冷汗，把手機放回原位。

她自己也很驚訝，被嚇醒後的第一個動作竟然是要打給銳凱……明明自己對銳凱並沒有那種意思的。

事實上，這種感覺跟喜不喜歡無關，思萱在受到驚嚇時第一個想獲得的，只是半夜中可以有人陪伴的安心感而已。

當然，已經把自己封閉太久的思萱並沒有意識到這一點。

7.

「禮拜一午休時我再請你吃飯喔。」

這是思萱在那天晚上對銳凱所做出的承諾，但她實際上所做的卻遠遠超出這更多。

不只禮拜一，就連禮拜二到禮拜四這三天的午休時間，思萱也都找銳凱一起吃午餐，只不過是各付各的。

平常都是獨來獨往的兩個人卻連續好幾天相約一起吃午餐，理所當然招來了其他同事的懷疑。

「老實說，你們是不是在一起了？」

面對這個問題，思萱只是笑著搖頭，不讓同事從她口中套出一點話來。

另一方面，老實憨厚的銳凱回答起來就是典型的此地無銀三百兩：「沒有啦……就只是最近剛好一起吃飯而已。」

全公司當然沒人相信這種說法，儘管當事人不承認，但他們還是成爲了同事公認的「祕密情侶」。

在這段不成形的戀情中，銳凱其實很想跟思萱表明心意，但他目前的勇氣還沒充值到那個等級。

至於思萱，沒有跟人親密相處過的她也還在拿捏那種感覺，一切似乎都只差臨門一腳……

但就在禮拜四的夜晚，這臨門一腳被一通電話給攔截了。

那是思萱剛回到社區，銳凱打來的一通電話。

「思萱，有人聯繫我了！」

銳凱熱情澎湃的興奮感從手機話筒中強勁傳達過來，讓思萱差點握不住手機。

「是跟那個女的有關的嗎？」思萱問。

「沒錯，有人說那個女的是他的大學同學，他認識她。」講不到幾句話，銳凱的興奮情緒突然在瞬間冷卻下來，變成略帶懷疑的不安語氣，「只是……對方說這個女的身分有些敏感，因爲牽涉到隱私問題，所以他不能用網路談她的事情，堅持要到我家來找我聊。」

「那你怎麼說？」

「我就先答應了啊，先把情報問到再說，不然他明天反悔了怎麼辦？」銳凱說，「對方正在來我家的路上，我打給妳是想問一下，看妳要不要一起來。」

只過了四天就有跟女子相關的人出面提供消息了，這種速度不只快，還有怪，只怕對方別有所圖，該不會是見面後謊稱「因爲某些原因，必須先支付費用我才能開口」之類的詐騙集團吧？

「你有跟對方透漏我的事情嗎？」思萱不太放心地問。

「不用擔心，我完全沒有提到妳的存在，只說我是在幫一位『女性朋友』找人而已。」

「我晚點再過去好了，等我到之後我再自我介紹，在這之前先不要說到我的事情。」

「我知道了，那我現在把我家的地址傳給妳。」

思萱很快就收到了銳凱的訊息，從地址上來看，銳凱應該也是住在社區大樓裡，坐兩站捷運就可以到了。

思萱回到房間內把東西放好，換上較舒適的休閒服，準備出發前往銳凱的家。比起那名女子的身分之謎，思萱現在反而比較擔心老實的銳凱會被詐騙集團刮走大筆油水。

坐兩站捷運到站後，還要再走大約五分鐘路程才能抵達銳凱住的社區。

思萱前腳剛踏出捷運站，馬上就看到許多台消防車從捷運站前方呼嘯而過，身邊許多行人議論紛紛，不知道是哪裡發生了火災？

思萱一開始沒有想這麼多，但隨著她離銳凱的社區越來越近，她開始發現一件事情。

那就是陸續開來的消防車及救護車所前進的方向都跟思萱相同，警鈴跟人群喧譁的聲音也越來越接近。

一開始思萱的速度還是維持用走的，最後連她也不知道爲什麼，竟直接在人行道上跑了起來。

明明還不確定是哪裡發生火災，明明她跟銳凱才眞正認識幾天的時間而已，爲何現在的自己會如此心急如焚？

離銳凱家還有一分鐘的路程，但思萱卻覺得自己好像在跑馬拉松，已經跑了好久好久。

消防隊跟警察把銳凱社區所在的巷子完全封住，許多民眾擠在封鎖線外圍觀，思萱站在最外圈墊高腳尖想看清楚，但全被前面的人給擋住了。

就算站在這麼外層，但思萱還是能夠聞到火災地點傳出的嗆鼻煙味，以及從空氣中傳導過來的火焰熱度。

從這裡看不到火災的情況，思萱注意到旁邊有幾個像是住在本地的婦女，便湊上去問：「不好意思，請問是哪裡失火了？」

婦女們用眼神快速把思萱由上到下打量一番，其中一個最矮的婦女說：「好像是從108號的社區開始燒起來的，小姐妳是那裡的住戶嗎？」

「不是，只是有個朋友住在那裡……」

108號正是銳凱傳給思萱的地址，這下思萱無法再冷靜了，她拿出手機瘋狂打給銳凱，但每通電話都被轉進語音信箱。

「快點接啊……拜託你……」思萱一邊打著電話，同時緩緩遠離圍觀的人群，也離熱度四溢的火災地點越來越遠。

彷彿只要不再聽到消防車的聲音、不再看到人們看熱鬧的醜惡眼神，她就能夠安心一點，銳凱也會平安出現在她面前。

「借過一下！」

幾個拉著水線的消防員突然從思萱背後衝過來，思萱反應不過來，手上的手機硬生生被消防員們撞到地上，急著執行任務的消防員沒有對思萱多看一眼，只是像蠻牛一樣衝進火災所在的巷子裡。

思萱看到掉在地上的手機螢幕，撥打出去的電話還是無人接聽。

她彎下腰將手機撿起來，當她重新恢復站姿的時候，正好跟身穿黑洋裝的女子面對面。

女子站在另一條小巷內，就在思萱正前方十公尺的距離。

只要進入小巷，往前走十公尺，思萱就能碰到她。

但是，爲什麼要這麼做？

「妳又想引誘我走進去，然後突然之間消失嗎？」看著面無表情的女人，思萱哭了，「妳到底為什麼要這麼對我？一直出現在我身邊，卻又一直在耍我……妳到底想要什麼？妳說啊！」

女子低下頭，在她那張秀麗的面龐上，總算浮出了一點表情。那是彷彿不被人諒解的哀傷表情，她對思萱伸出手，勾起手指，做出一個類似邀請的動作。

請妳過來我這裡，拜託妳。

透過女子的手勢跟表情，思萱彷彿能聽到對方這麼說著。但女子存在的意義對現在的思萱來說，已經不重要了。就連她究竟能不能恢復正常，思萱也不在意了。

「我好不容易才找到一個可以陪伴我的人，要是他出事，我絕對不會放過妳。」思萱將這句警告留給女子。

突然地，思萱感覺到有人在她身後推了一把。

對方的力道之強，讓思萱失去重心直接摔到地上，在她轉過身體、嘗試尖叫反抗之前，對方已經粗暴地坐到她身上，並用厚實的大手摀住了她的嘴巴。

在思萱視線裡的，是對方臉上紅色的伊達，以及幾天之前看過的那件外套。

「嗚！」思萱在對方的手掌下發出不明顯的驚叫，因為在她眼前的，正是在大豐商場裡見到的那個男人。

男人壓制在思萱的身上，他整個人像嗅聞獵物的野獸般，將整個上半身彎下來聞著思萱的臉，然後將他的眼睛貼在離思萱的眼睛不到一公分的正前方。

從男人紅色的伊達之下，也傳來了如野獸般的低吼：「妳還記得我嗎？」

在男人的眼神中，除了最原始的暴力及殺氣之外，還有一股不該存在於這個世界的邪惡。

男子粗暴又充滿邪氣的眼神及聲音就像一台破壞力十足的怪手，它將存在於思萱腦中那道想要保護她的高牆徹底擊碎，思萱最不願想起的那段回憶，此刻終於無法抵抗地佔據了她的每條思路。

沒錯，思萱認得眼前這名男子。

她也認得那名穿黑洋裝的女子，只是這麼久以來，大腦的保護機制刻意把這段記憶藏起來了。

四歲之前的那段記憶，在思萱的眼前強制倒帶著，那天，那個下午，那齣慘劇，又再次上演。

思萱的父母記得沒錯，在思萱四歲之前，她其實是能夠認得人臉的，直到那一天……思萱爲了追逐流浪小貓，而跑進那條巷子裡的那天。

四歲的思萱追進小巷裡時，小貓已經跑不見蹤影，但在年幼的思萱眼前突襲上演的，卻是一幕活生生的謀殺案。

她看到一個男人把女人壓在地上，正用刀割斷她的喉嚨。躺在地上的女人身上穿著典雅的黑色洋裝，已經失去生命力的血白臉龐正好看向思萱這邊。

凶手這時發現了思萱的存在，在沾滿鮮血的口罩之上，有兩顆滿溢著怒氣跟殺氣的眼球正瞪著思萱。

思萱發出尖叫，轉身就從巷口逃跑，父母看到思萱哭著跑回來後，以爲她只是被野狗或什麼東西嚇到了，沒人能想到思萱竟然目擊到在未來一個禮拜將震驚當地的凶殺案。

目擊慘案的震驚，對思萱的大腦產生了影響，爲了保護她，思萱的潛意識把之前的記憶全都封鎖起來，但有兩張臉卻是大腦怎麼樣也鎖不住的。

那就是女子死去的蒼白臉孔，以及凶手戴著被鮮血染紅的口罩的臉孔。

這兩張臉在這一刻深深烙印在思萱的腦裡，也成爲她唯一能辨認出的兩張臉孔。

直到現在，思萱跟男人的眼神再次對上，就跟那一天一樣，男人眼神中飽含的暴力把思萱的記憶一口氣都挖了出來。

那天所感受到恐懼跟壓迫，一瞬間全都回到了思萱身上。

逃跑，現在必須逃跑才行，不然會被殺掉的。

思萱轉動眼球，看向小巷深處，尋求可以求助的對象。

黑洋裝女子仍站在原地，低頭看著這一切。

女子的臉上在哭。

但流出來的並不是淚水，而是鮮血。

霎那間，思萱明白了。

爲何女子會一直出現在她身邊，卻又會突然消失不見。

因爲她總是想把思萱引往別的方向，不讓思萱跟凶手對到面，只要被凶手看到臉，思萱就有被認出來的風險。

在捷運上、在商場上……女子的行爲都是爲了保護思萱，就連剛剛也是。

要是思萱在剛才能快點通過小巷逃走的話，現在這一幕就不會發生了。

「妳不認得我也沒關係，我可是還記得妳的喔。」

男人把刀子從外套口袋裡拿出來，思萱認得那柄刀子，因爲男人當年所用的也是同一柄刀子。

在刀鋒的光芒反射到思萱的眼睛裡時，思萱聯想到了一幅畫面。

那就是男人拿著刀子，輕易割開銳凱脖子的畫面……

來找銳凱的，絕對就是這個人，放火的也絕對是他，就是這個人把銳凱給……

思萱用盡全身力氣，用手去打、用腳去踢，只想爭取最後一點逃亡以及幫銳凱報仇的機會。

但在男人的壓制下，思萱的動作就像在抓癢一樣。

男人愜意舔舐著刀柄，然後將刀鋒慢慢逼近思萱的脖頸。

一片鮮紅像倒出去的花瓣般，濺灑在思萱眼前。

男人臉上的紅色伊達，也在這一刻變得更爲血紅了……這一刻，思萱似乎聽到了別的聲音。

那是銳凱的喊叫聲，以及她手機響起的鈴聲。

思萱不確定這些聲音是不是眞的存在。

因爲她感覺到自己的意識已經飛到了離巷子好遠好遠的地方。

在她的意識完全消逝之前，她只想知道，銳凱在伊達底下的面貌，到底是長什麼樣子的呢？

第五篇

醒神

星子

1.

晚上十點，結束聚餐的微醺男人，下了計程車，走入社區大樓，向管理員點點頭，乘上電梯。

兩年前，男人經歷了一件轟動全國的社會案件。

現在，男人十分滿意自己的新工作和新女友。

他待電梯門關上，擠出一個不曾在新同事和新女友面前露出的爽朗笑容；他維持著那樣的笑容，望著電梯數字持續攀升，最終停下。

電梯門打開的前一刻，男人收去了笑容——他並不是不喜歡笑，他當然喜歡，只是剛剛那種爽朗得彷彿能夠融化冰山的笑容，對他而言，有專屬的意義。

在那個笑容底下，藏著巨大的哀慟。

所以他寧可淺笑、微笑，甚至失態大笑，也無法真心如剛剛那般爽朗地笑。

當他偶爾刻意露出那樣的笑容時，其實是在悼念。其實想哭了。

他步出電梯，來到自家門前，取出門卡開門進屋。

他關上門，沒有按開電燈。他想要享受一下漆黑。

因此他沒有發現即便按下電燈開關，燈也不會亮。

他倒了杯水，來到落地窗前，望著樓宇和星空，將公司聚餐過後的微微酒意和悲傷一同吞進肚子，他想盡快忘卻過去的事，展開新的人生。

或許是那件事培養出他的敏銳直覺，儘管有些醉意，他仍然察覺出屋裡有些異樣——

背後有人。

他正要回頭，背後那人已伸來一雙戴著防摔手套的大手，一手揪著他頭髮將他腦袋往後拉，一手握著一柄模樣奇異的尖刀，橫抵在他脖子上。

這尖刀模樣奇特，刀刃比握柄還短一些，只十公分出頭，但極其鋒利，僅微微抵著男人脖子，便在男人頸上壓出血痕、淌下鮮血。

「你……」男人驚恐想說些什麼，但他背後那人卻先一步開了口。

「你是不是何榮德？」背後那人聲音粗獷，散發著凶惡獸性。

「我是……」這叫作何榮德的男人腦袋亂糟糟的，不明白現在究竟什麼情況，只能慌亂問，「你是誰？你怎麼進來我家的？」

「你是何榮德……」粗獷男人呵呵笑了起來，鬆開何榮德的頭髮，緩緩放下尖刀，「那我就……不割你脖子了……」

何榮德驚恐茫然地轉身，湊著自落地窗透入的黯淡光芒，望著那戴著口罩、只露出一雙瀰漫殺氣的凶野眼睛的粗獷男人臉面，困惑問：「你……你到底是……」

他還沒問完，粗獷男人已將手上那柄奇異小刀送進何榮德側腹。

「你是何榮德！你是何榮德！」粗獷男人猙獰笑著，左手牢牢掐著何榮德臉頰，右手緊握小刀，一刀一刀往何榮德身上貫刺。

除了第一刀透進何榮德腹腔之外，其餘每一刀，全避開了要害。

何榮德被粗獷男人按倒在地，死命掙扎，還大力狠咬粗獷男人掐著他嘴巴的手，但身中數刀的他，連咬人的力氣都使不上了。

「你敢壞我師父好事！哼哼、呵呵呵！」粗獷男人騎坐在何榮德身上，雙眼綻放著凶惡的光，一刀接著一刀，瘋狂刺著何榮德雙肩、臉頰，不時還反手刺他大腿，像是刻意要延長他的痛苦般不插他心窩、不割他喉嚨。

「阿狼，走了。」

直到一個奇異的聲音在這叫作「阿狼」的粗獷男人耳朵裡響起，他這才將小刀重重抵在何榮德咽喉上。

狠狠一拉。

鮮血在漆黑中灑開。

何榮德一動也不動了。

阿狼獰笑著，取出一只小空瓶，湊在何榮德頸邊接血，足足接了八分滿，這才旋上瓶蓋，起身借用何榮德家中浴廁沖澡。

他沖澡的同時也沖洗他那怪異小刀——這柄刀跟了他很多很多年，割斷很多很多人的氣管、挑去一條又一條手腳筋、削去無數片皮肉……每一次犯案完，他都會仔細清潔、認眞打磨，因此許多年下來，刀刃只剩下原本一半不到，儘管他已另外準備了幾柄嶄新小刀，但至今仍繼續使用這柄小刀犯案。

阿狼洗完澡，握著小刀、裸著身子走出浴室，在何榮德房間裡隨意挑了幾件順眼衣物套上身。

然後從容離去。

2.

阿狼和「耳朵裡的聲音」對話很多年了。

對他來說，「耳朵裡的聲音」是他扭曲人生中的一盞明燈，是他精神導師，是他的神。

許多年前他殺人遭到通緝，在逃亡途中的一個雨夜裡，在睡夢中被「聲音」喊醒，告訴他警察來了。

他因此成功逃跑，自此之後，聲音不時在他耳中響起，不僅指點他逃亡路線、替他安排藏匿地點，甚至替他策劃下一次、再下一次的犯案計畫。

他覺得自己和聲音，就彷如海葵與小丑魚般共生著。

他愛殺人、愛血、更愛欣賞那些人絕望的眼神、聆聽他們痛苦的聲音。

其實他隱約明白自己腦袋並沒有精明到讓他和那些傳說中的連續殺人魔平起平坐，但在「聲音」的幫忙下，他覺得自己無所不能。

他們走過一個又一個城市，犯下一件又一件殘暴懸案。

午夜夢迴時，他常和聲音討論每一個葬生在他手中的人，像是在回味過往精彩球賽般，聲音甚至能夠讓他在夢裡見到那些人死前苦苦哀求的模樣，讓他心滿意足地醒來，興奮地策劃下一起案件，挑選下一個受害者。

也因此，一個月前，他在網路上見到某尋人貼文裡的電腦畫像時，一眼認出畫中女人正是曾經葬生在他手下的受害者。

「聲音」要他找出那個在網路貼文的傢伙，殺他滅口。

阿狼輕易找出了那叫作「銳凱」的貼文者，捅了他兩刀，試著從銳凱口中逼問那位「女性友人」張貼尋人啓事的目的始末；銳凱答得含糊不清，阿狼索性搶下他手機，翻出了思萱的照片和通訊軟體對話記錄。

在「聲音」提示下，阿狼想起了思萱這個當年一直記在心中的漏網之魚——是他某次獵殺行動中的年幼目擊者。多年以來，阿狼偶爾會想起那時目擊凶案的孩子，然後興致勃勃地和聲音討論，要是有緣遇見她，該怎麼處置她。

阿狼放火燒了銳凱家，在聲音指示下安然離開現場，準備去找思萱麻煩，聲音卻告訴阿狼，她的氣味就在附近，她自己送上門來了。

於是阿狼見到了思萱，凶猛地對她下手。

但出了點意外——

本來漸漸無力反抗的思萱，不知從哪兒迸出了更大的力氣；阿狼在思萱的雙眼中，見到另外一雙熟悉的眼睛，那是多年前被他那柄小刀割開咽喉的黑洋裝女人。

就在阿狼錯愕之際，腦袋磅地被負傷趕來的銳凱持著磚頭重重一砸，失去了意識。

不知過了多久，阿狼醒來了，發現自己身處在一處廢棄工寮裡，他知道聲音再一次救了他——過去偶爾也會發生類似的情況，他有時因爲魯莽或是衝動，使自己身處險境時，聲音會接手控制他的身體，幫助他逃跑。

聲音對阿狼說，他出刀捅銳凱時，位置偏了，沒捅著要害，銳凱大難不死，負傷一路找著思萱，撿著路旁磚頭砸阿狼後腦。

阿狼懊悔地說自己搞砸了，聲音卻反過來安慰他，要他別自責，稱自己也非全知全能、也會失手，例如許多年前喚醒棺中子母殭屍企圖驅凶殺人，卻讓那祖孫倆破了法、燒了屍；又例如費了好大力氣煽動蠱惑一家人當剝皮魔，卻被個異想天開的瘋子帶著隻凶神惡煞，闖入那家中殺盡一家；又例如某次哄得一個少年跳樓、又哄那少年父親買醉買到酒精中毒，一口氣收得兩隻枉死凶靈，打算將他們煉育成得力鬼僕，卻冒出一個道士化解了父子怨念，使兩亡魂失去凶性，不管用了。

阿狼稱將來有機會，一定幫聲音宰了那壞事的瘋子和道士。

聲音告訴阿狼那個瘋子的名字——何榮德。

阿狼花了點時間，查出何榮德新家、日常作息和那棟社區大樓住戶家門電子鎖型號。

一切準備妥當，阿狼趁著大樓管理員交班閒談分心時，隨著同樓住戶潛入大樓，用特殊手法打開了何榮德家門那需要門卡感應的電子鎖，潛入他家，關上電源總開關，等他返家，動手殺他。

順利得手的阿狼，輕鬆哼歌，帶著酒菜返回窩居了一段時間的包月廉價小旅館。

那小旅館老闆只管收錢，其餘什麼都不管，不僅不負責打掃，就連房客們聚賭拚酒吸毒撿屍也不管。

不久之前，阿狼還當眞扛了條屍回房。

阿狼進入旅館房間，來到床邊，望著那在床上躺了兩週的紅色女屍——她不是喝醉，是眞的死屍。

女屍全身鮮紅一片，肚腹高高隆起，頭眼位置綁著紅色毛巾，蒙著雙眼，微微張開的口中隱約可見銳利尖牙。

阿狼從背包中取出一瓶鮮紅液體，那是何榮德的血。

他揭開瓶蓋，將一半鮮血倒入女屍嘴裡，另一半鮮血淋灑她全身，他神情自若，彷彿當自己澆花一般。

女屍被澆了血，嘴唇微微顫動幾下，高高隆起的肚腹，也緩緩地蠕動著。

阿狼「澆完花」，隨手扔了空瓶，將酒菜擺上房間小桌，還在自個兒座位對面，多擺一只小杯，斟滿高粱，大口吃菜喝酒，不時與耳朵裡的聲音交談，彷彿在和一個看不見的朋友談天共飲一般。

聲音大大稱讚了阿狼一番，說阿狼是可造之材，說再過不久祕法煉成，出關降世，就要正式收他作爲繼承自己衣缽的首席大弟子。

阿狼開心地舉杯向聲音敬酒，說一定會好好服侍師父。

聲音吩咐阿狼休息幾天，上某家醫院探探，說銳凱十之八九在那家醫院養傷。

3.

阿狼只休息兩天，便迫不及待地在傍晚時分，來到聲音指示的醫院。

他戴著口罩、鴨舌帽和一副黃褐色墨鏡，提著提袋踏入醫院，循著逃生梯來到五樓，佯裝成找不著病房的探病友人，逐間搜索銳凱，其實他已經不大記得銳凱確切模樣了，但聲音鼻子很靈，能夠憑著氣味認人。

當他剛踏進這間病房時，聲音已經在他耳朵裡響起。

「不是這間，在下一間，我聞到他的味了……」

「嗯。」阿狼點點頭，退出病房，拉高口罩、壓低帽沿，轉入下一間病房。

病房裡兩張大簾隔著三張病床，銳凱在靠門第一張病床上和床旁的思萱各自滑玩手機。

思萱見人抬起頭，瞥了進入病房的阿狼一眼。

阿狼沒有料到思萱也在，低頭快步走過第一張病床，見第二張床位空著，便轉進空床位，將袋子擺上小櫃，取出手機假裝打電話，用極低的聲音對耳朵裡的聲音說：「女的也在……」

「我聞到了。」聲音這麼回答他。「你小心點，她可能會認出你……」

「嗯……」阿狼站在床頭小櫃前，從提袋中取出一盒雞精擺上小櫃，跟著用刻意僞裝的聲音，拿著手機嚷嚷說話：「阿爸還在開刀，我先帶一些東西過來，你晚點看缺什麼再另外買……」

思萱狐疑地望著大簾——她在阿狼走過銳凱病床時，匆匆瞥了阿狼一眼，見阿狼那張醫療口罩縫隙下，透出了淡淡紅光。

她緩緩起身，像是想要繞過大簾，瞧瞧第二張床位裡的訪客，是不是前些天差點殺了他的那傢伙。

阿狼站在病床小櫃前，背對著身後走道上的思萱，拿著衛生紙東擦西拭——住院病患家屬在病人動刀時或是尚未入房前，先替病人帶入所需用品、整備病床和周遭環境並不罕見，因此阿狼此時舉動儘管有些鬼祟，但也不至於全然不合理。

「阿爸還需要什麼？啊？嗯……」阿狼扔了衛生紙，繼續假裝講電話，緩緩探手進口袋，握住他那柄小刀。

「阿狼呀，你可別蠢到現在動手喲。」聲音彷彿察覺阿狼企圖刺殺思萱，連忙叮囑他：「這裡是五樓，他們有兩個人，你現在動手的話，會很麻煩喲……」

「是……」阿狼點點頭，鬆開了插在口袋裡緊握小刀的手，他不是不知道此時醫院人多，同時刺殺兩人，可極難脫身——他確實有幾次在聲音幫忙下，順利在百貨商場廁所裡行搶得手又成功逃脫的經驗，對他來說，那樣刺激多了，且不用等候到深夜——他喜歡殺、喜歡搶、喜歡血，但是不喜歡躲在漆黑狹窄的廁間或是儲物室裡慢慢等待時機。

「呵呵，而且——」聲音突然冷笑兩聲說：「你那老冤家也來了。」

「嗯！」阿狼瞪大眼睛，汗毛豎立，快速從小櫃塑膠袋裡摸出一張紫黑色符籙，折成數折，拉開口罩、塞入口中。

「不好意思——」一個戴著卡通口罩、綁著馬尾的女孩，走入病房，望著第一張病床上的銳凱，和站在第二張病床外的思萱，問：「這裡有沒有一位叫作銳凱的先生？」

「妳就是鍾小姐？」銳凱連連點頭，摀著腹部拉高分貝喊。「思萱，鍾小姐來了！」

「喔……」思萱連忙回到銳凱床位旁一齊迎接這位卡通口罩女孩。

「你聽我說，阿爸他啊……」阿狼左手持著手機，用胳臂擋住自己大半邊臉，提著塑膠袋，走出大簾，走過銳凱病床，走過卡通口罩女孩背後，刻意避開思萱視線，走出病房。

阿狼在與那卡通口罩女孩擦身而過的瞬間，感到女孩身上發出的那股陰寒氣息，且隱約瞥見女孩明明穿著飛行外套和牛仔褲，身上卻又若影若現著一襲黑色洋裝。

是一套讓他覺得有些眼熟的黑色洋裝。

許多年前，他先被那身黑色洋裝引起注意，才注意到洋裝主人是如此美麗，美麗到往後他每次回想她被自己割開咽喉時的表情時，都興奮得無法自抑。

思萱本來探頭想瞧清楚阿狼，卻只瞧著阿狼胳臂和背影，只好將注意力放回卡通口罩女孩身上，她問：「妳就是鍾小晴小姐？」

「是。」鍾小晴向思萱點點頭，從皮夾取出一張照片，遞給她。

「啊！就是她！」思萱接過照片，忍不住叫了一聲，照片中的女人穿著一身黑色洋裝，十分美麗——她是思萱記憶之中，唯一臉面上沒有擋著霧濛濛的口罩、讓她能夠完整見到容顏的人。

「沒錯沒錯！」銳凱從思萱手中接過照片，也驚呼起來。「就是她救了我！」

「嗯……雖然在電話裡問過了，但我覺得還是有必要當面再確認一遍……」鍾小晴微微苦笑，指著照片上的黑洋裝女人問：「你們說，有個男人要殺你們，是照片裡的女人現身救了你們。」

「是。」銳凱和思萱異口同聲。

「你們確定你們說的女人，和照片裡的女人，真是同一人？」鍾小晴又問。

「是啊。」銳凱說：「硬要說的話，就是救我的那女人，脖子上有道傷痕，像是刀傷……」

「……」鍾小晴微微發愣，好半晌，才開口說：「這女人是我媽，她過世很多年……」

「什麼？」銳凱和思萱互望一眼，不約而同倒吸了口冷氣。

「她被人用刀割斷氣管。」鍾小晴又說：「凶手到現在都抓不到。」

4.

阿狼口裡含著紫黑色符籙，走到醫院男廁外，回頭，見黑洋裝女人跟在他身後數公尺外；她的臉龐美麗而蒼白，頸子上有條紅痕，紅痕滲下幾道血。

阿狼步入男廁，拉開一扇廁間門，進去，關門，一屁股往馬桶坐下。

男廁燈光明滅幾下，變得青森陰邪，絲絲縷縷的黑氣自廁間門縫滲入，圍繞住阿狼全身。

阿狼感到有些暈眩，嘴巴微微張開，口裡折成方塊的紫黑符差點掉出口，但耳朵裡的聲音喊了他幾聲，又將他喊醒。

「準備好，她要來了。」聲音這麼提醒阿狼。

「嗯。」阿狼將符重新咬在口中，深深吸了口氣，盯住了廁間門板上方微微露出的黑髮頭頂。

然後是瀏海、然後是雙眉、然後是一雙怨毒眼睛。

「當年妳好像沒那麼凶呀……」阿狼口中咬符、含糊呢喃，身子不停哆嗦，嘴角卻微微上揚，恐懼和興奮在他心中角力著。

門上，黑洋裝女人整張臉都露了出來，口鼻都淌下血，然後是脖子。

她脖子上那條紅痕緩緩裂開，噗嗤嗤地冒著血泡，跟著淌出鮮血——這幕景象令阿狼看得雙眼發紅，心中恐懼反而漸漸減少，他忍不住站了起來，瞪大眼睛、探長了脖子，想要瞧個仔細。

黑洋裝女人雙手攀著廁間門沿，將整個上半身擠進廁間，和站起的阿狼雙臉貼得極近。

阿狼與黑洋裝女人對望幾秒，接著仔細打量她頸間破口，像是細細欣賞自己當年精心傑作。

黑洋裝女人雙手搭上阿狼雙頰，摘下他臉上口罩，呼出一股黑氣往他口鼻鑽，接著搭上阿狼的肩，攀落阿狼身後，緊緊摟住他。

阿狼吸入大股黑氣，整張臉浮現黑紋、兩隻眼睛爬滿黑絲，還回頭打量女人臉龐。

下一刻，黑洋裝女人身子沒入阿狼身中，她上了阿狼的身。

阿狼雙眼閃耀起奇異的光，露出一個奇異微笑，坐回馬桶，腦袋微微後仰，雙手撓抓著脖頸，愈抓愈大力，將脖頸抓出道道血痕。

阿狼邊抓脖子，一邊東張西望，回頭盯住了馬桶水箱那陶瓷蓋子，將陶瓷水箱蓋高高舉起，往地上一砸，從滿地碎片中挑出一片邊緣銳利的陶瓷破片，往脖子上抹去——

「阿狼，醒醒。」耳朵裡的聲音陡然出聲提醒阿狼。

阿狼回過神來，感到四肢充斥著奇異阻力，連忙將含在口中那塊紫符嚥下肚裡，呢喃唸起咒語。

「呀——」淒厲的慘叫聲自阿狼胸腹裡發出。

「成功了!」阿狼嘿嘿笑了起來，拋去手上陶瓷破片，從口袋裡掏出小刀，用嘴巴咬著，脫下外套，掀起T恤——

他胸腹上，有一幅用原子筆畫上的古怪符籙。

阿狼從口中取回小刀反握著，將刀尖按入胸腹上那原子筆痕跡，像是替草稿上線般，照著原子筆筆畫刻下刀痕。

「唔……唔唔……」阿狼忍不住發出痛苦呻吟。

「加油。」聲音察覺出阿狼的痛楚，出聲鼓勵他。「割完這道符，就能將她封印在你身體裡，你可以得到她的力量，你會變得更強大、更厲害……」

「唔、唔唔……」阿狼又劃下幾刀，鮮血染紅了他褲頭。

「你動作再不快點——」聲音催促。「她就要逃了!」

「唔!」阿狼咬緊牙關，眼淚鼻涕都痛出來了，接連幾刀，將那符籙刻了個八成，但還差幾劃，他大口喘著氣，像是想休息一下，他握刀的手有些發軟。

「呀——」女人一聲淒厲尖叫，將阿狼嚇得手一軟，小刀叮噹落地。

阿狼身子猛一顫，腦袋暈眩，感到眼耳口鼻都有東西往外竄。

他彎著腰喘氣，感到身子彷彿被淘空一般，知道那女人已經逃離他身子，一時不知道該如何是好。

「算了，先回去。」聲音語氣有些不悅，但仍沒有嚴厲責備阿狼。「房間裡女人小孩，肚子應該餓了。」

「是……」阿狼喘著氣，拉下T恤、穿回外套，從地上拾起口罩戴回臉上，狼狽步出廁間，逃離醫院。

5.

病房裡，思萱和銳凱盯著鍾小晴手機上一張張照片。

那組照片裡有三個人──黑西裝男人、黑洋裝女人，和一個約莫四、五歲大、穿著黑色兒童洋裝的小女孩，是鍾小晴和她的父母。

「這套黑色洋裝是媽媽爲了拍這組全家福，特別訂作的。」鍾小晴淡淡地說：「她過世之後，爸爸變得很少笑、很少說話……」

「所以……」銳凱問：「妳在網路上看見我貼的模擬畫像，長得很像妳媽媽，想知道是怎麼一回事？」

「嗯，其實我會知道那張圖，也是我媽媽託夢告訴我的……」鍾小晴說自己這些年來，時常會夢見媽媽，媽媽在夢裡會牽著她玩，會和她聊生活學業，會對她說一些爸爸的壞話和更多好話。

「但是前兩週，我又夢見媽媽，她的樣子……有點嚇人……」鍾小晴說：「她說『那個人』又回到這座城市了，要我千萬小心。我聽你們剛剛說下來，我在想，媽媽口中的『那個人』，可能就是當年殺死她，現在還想殺掉你們的人。」

思萱和銳凱互望一眼，不約而同想起了阿狼。

「媽媽還說……」鍾小晴繼續說：「那個人背後，還有一個更可怕的東西替他撐腰。」

「更可怕的東西？」思萱倒抽了口冷氣。

「我想起來了……」銳凱這麼說：「當時他來找我時，一直自言自語，像是在跟一個看不到的東西說話。」他說到這裡，問鍾小晴。「那個殺人魔說話的對象，就是替他撐腰的東西嗎？」

「這我就不知道了……」鍾小晴說：「媽媽要我找到你們，要你們注意安全，她說那個人跟他背後的東西不會這麼簡單就停手，他們是惡魔……」

銳凱和思萱再次相望，他們完全同意阿狼是隻披著人皮的惡魔，但他們區區凡人，要怎麼對抗惡魔呢？

「我有不好的預感……我覺得那個殺人魔，說不定剛剛來過這裡……」思萱向兩人說了在鍾小晴進來前，見到那走進病房的男人，口罩溢出紅光的經過。

「紅光？」鍾小晴還不知道思萱臉盲症的事，聽銳凱大致說明，這才知道眼前年紀與她相仿的思萱，一直以來，都認不出他人長相——除了鍾小晴媽媽。

思萱說自己臉盲症，或許就是因爲當年親眼目睹鍾小晴媽媽慘遭阿狼殺害的慘況，受到了巨大震撼而產生的。

「原來如此……」鍾小晴望著思萱，喃喃說：「妳是除了那殺人魔之外，最後一個見到我媽媽的人，她說她在死前一刻看到了妳，在那瞬間，她把妳當成了我……她說那個殺人魔不但會找出妳，也會找出我，她說不想見到我們像她以前一樣……」

「如果他剛剛眞的來過這裡，那表示他已經找到我了……」銳凱捏著拳頭說：「要不要我們設計陷阱來抓他？」

「我覺得還是報警比較好。」思萱苦笑，取出手機撥給負責先前案件的刑警大叔──令三人意想不到的是，那刑警大叔竟在接到思萱電話數分鐘內，就奔進了銳凱病房。

經那刑警大叔說明，三人這才知道，就在不久之前，醫院已經報了案，說有個傢伙全身是血從男廁奔出，不理警衛關心，一路逃出醫院。

負責追緝阿狼的刑警大叔，本便假設阿狼會主動找銳凱麻煩，早已通知管區同仁，若有這間醫院消息，第一時間通知他，因此十餘分鐘前，他與管區警察幾乎同時抵達醫院，才看完監視器畫面，就接到思萱電話。

「我是覺得體型有點像，可是看不見臉……」刑警大叔指著自己臉上口罩，無奈笑說：「現在大家都戴著口罩，那個殺人魔也戴著口罩，唉……」

他還想講些什麼，手機再次響起，他接聽，露出訝異神情，驚問：「啊！是你？你人在哪？」

刑警大叔手機音量開得大，因此鍾小晴等人也依稀能聽見電話那端的聲音。

「幹嘛？這麼想我？」電話那端的男人聲音沙啞疲憊，但又有些洋洋得意，像是剛幹完件大事的感覺。

「是啊。」刑警大叔哼哼冷笑。「眞的想你，不一起喝一杯？」

「不了，我最近忙。」男人說。

「你又宰了誰？」刑警大叔看了鍾小晴三人一眼，退出病房，站在廊道上講電話。

「我聽不懂你說什麼。」電話那端男人笑了笑。「如果你懷疑我幹了什麼壞事，大可以直接抓我。」

「我連你在哪都不知道，怎麼抓你？」刑警大叔抹抹臉，疲憊呢喃。

「你剛剛不是才想騙我出來喝酒嗎？」男人大笑。

「……」刑警大叔嘆了口氣。「老弟，聽老哥的話，收手吧……」

「老哥，我眞聽不懂你說什麼。」男人說：「我是來報消息給你的。」

「啊？」刑警大叔呆了呆。「什麼消息。」

「阿狼。」男人說：「這是你現在在找的傢伙的名字，也是我正在找的傢伙的名字。」

「什麼？你從哪打聽來的？」刑警大叔說。

「我有我的管道。」男人說：「這傢伙殺了很多人，每次檔案都會毀損，他背後有人幫他。」

「誰？」刑警大叔問。

「我也還在查。」男人說：「我還查出，他背後那傢伙，可能跟剝皮魔案件有關。」

「什麼！」刑警大叔驚訝問：「你到底還查出什麼？快跟我說！你人現在在哪裡？」

「老哥，有空去收個信，我剛剛才把那殺人魔的資料寄給你了。」男人冷笑兩聲說：「我只是想提醒你，那個傢伙不簡單，你繼續查他，你也會變成他的目標，我不想看老哥你被他割開喉嚨，才提醒你的。」

「什麼……」刑警大叔追問：「那……你有什麼打算？真的不出來跟我喝一杯？」

「媽的……我說我很忙了，而且我不是三歲小孩，別想拐我！」男人語氣有些不耐，冷笑說：「這樣好了，我們來比比，看是你先找到他，還是我先找到他，還是……他先找到我們兩個……」

「什麼？」刑警大叔要追問，男人已經掛了電話，大叔回撥，電話已打不通。

返回病房的刑警大叔見鍾小晴三人滿臉狐疑，苦笑指了指手機，說：「以前同事打來的，跟我講了點情報，他工作很認眞，但是可能認眞過頭了，結果……唉，不說了。」他欲言又止，搧搧手轉身離去。

刑警大叔要銳凱別太擔心，他會請同仁增加巡邏次數，他得返回局裡收信，有緊急狀況再打給他。

鍾小晴等人目送刑警大叔離去，三人面面相覷，像是對於刑警大叔宣稱會「請同仁增加巡邏次數」這樣的安排不大放心。

銳凱抓抓頭，苦笑說：「我還是先辦理出院好了……」

「你現在出院的話，要搬回老家嗎？」思萱問。

「不……」銳凱搖搖頭，嘆氣說：「工作不好找，我已經請很多天假了，現在搬回老家，大概就要找新工作了，而且……」他望著思萱，說：「我回老家，那妳呢？他會來找妳，妳也回家跟父母住嗎？」

「我……」思萱皺起眉頭。「我在想，要是我回家跟爸媽住，殺人魔會不會找來我家，這樣我爸媽會不會也有危險？」

「嗯，我有個提議。」鍾小晴插嘴說：「不如你們暫時搬來我外公家，大家有個照應。」

「什麼？外公家？」銳凱和思萱呆了呆。「這……怎麼好意思？」

鍾小晴說外公外婆年紀大了，被舅舅接去美國同住，同時也將長居多年的祖厝公寓讓舅舅全權處理。

舅舅出資將公寓隔成租賃套房，顧她管理整棟樓，負責收租、招募租客以及各種修繕雜事。

「我舅舅和保全公司簽了約，準備在整棟公寓裝設保全系統，以後房客進出要用專屬門卡；我也在每層樓樓梯間、頂樓曬衣場、公寓大門外裝了十幾支監視器。」鍾小晴微微得意地說：「現在整棟樓裝潢到一半，十幾間套房都空著，其中幾間已經整理好了，隨時可以搬進去，我不收你們租金，讓你們住到殺人魔落網……或是我覺得大家應該安全了，到時候你想續租也行、再找新家也行，怎樣？」

「不收租金？」思萱和銳凱有些驚訝。「妳舅舅不會有意見？」

「我舅舅他不缺錢。」鍾小晴笑說：「要是他眞有意見的話，我在夢裡請我媽跟他聊聊天囉。」

6.

鍾小晴外公家那透天公寓有四層樓高，一樓自住，二至四樓分別隔出五間套房出租，共十五間房。

鍾小晴返家後，挑了二樓兩間相鄰空房，準備作爲思萱和銳凱暫棲之處；按照計畫，思萱今晚會待在醫院陪銳凱一晚，避免單獨返家。明日銳凱出院之後，再陪思萱回租屋處整理衣物用品，轉來鍾小晴外公家，此後上班兩人同行，彼此有個照應。

鍾小晴洗完澡，坐在電腦前檢視了整棟樓監視攝影機畫面，便早早入睡——她在睡前，有預感會夢見媽媽。

果然夢見了。

媽媽的模樣比先前夢裡更糟糕許多——她那身黑色洋裝，變得破破爛爛，頭臉胳臂都有腐蝕傷痕。

「媽媽……」鍾小晴驚恐地握著夢裡媽媽的手。「妳……妳怎麼了？」

「我……」媽媽咧嘴苦笑，脖子上的裂口噗嘰噗嘰地洩著血，含糊不清地說：「我跟……那個人……打了一架……打不過他……」

「妳跟那個人打架？」鍾小晴儘管身處在夢境裡，但意識卻異常清醒──她對此一點也不驚訝，這些年來，只要她夢見媽媽時，意識都格外清醒。她很快想起在醫院時，刑警大叔稱那引起醫院報警的怪胎，滿身是血地逃離現場，且體型身影，和那殺人魔十分相似。她立時問：「媽媽，妳說的那個人，就是以前殺死妳的人？就是想殺思萱的人？妳在醫院和他打架？」

「是……」媽媽顫抖地握著她的手，喃喃地說：「他背後那東西很厲害……他們想找出妳，他們很快就要找上門了……」

「我會小心。」鍾小晴告訴媽媽自己的計畫──邀銳凱和思萱來公寓同住，彼此照應，明天再請舅舅向警察朋友說一聲，在公寓設個巡邏箱什麼的，應當萬無一失。

「不夠、不夠！」媽媽緊握鍾小晴的手，雙眼瞪得老大。「你們要誠心拜託他幫忙……」

「拜託他幫忙？」鍾小晴困惑問：「他是誰？」

「他……他是修行人……和外公師承同門……」媽媽似乎有些恍惚，語焉不詳。「只有他有本事……對付那個人背後的東西……」

「那我要去哪裡找他呢？」鍾小晴這麼問。

「還有！」媽媽急急地說：「那個人背後東西，會對妳說話……他的聲音很厲害，會蠱惑人心……妳把『醒神』帶在身上，千萬別離身……啊！啊！那聲音又來了，他在對我說話！你閉嘴、你閉嘴，我不會信你！你閉嘴——」

夢裡的媽媽像是受到威脅般，激動地四面張望，拔聲尖吼。

「媽媽！媽媽妳怎麼了？」鍾小晴試圖安撫媽媽，手足無措之際，她睜開了眼睛，清晨的陽光透窗灑在她臉上，她醒了，天也亮了。

鍾小晴揉揉眼睛，瞅著床旁窗簾，困惑呢喃：「我睡前沒拉窗簾嗎？」

她剛下床，覺得踩著怪東西，嚇了一跳，跳回床上，仔細瞧著床下——地板上亂糟糟的全是雜草。

她警覺地從枕頭下翻出防身水果刀緊握在手上——過去許多年，她媽媽在她夢中教她要保護自己，她爸爸替他報名柔道班，她自幼就擁有強烈的防身觀念，她剛入住這租賃公寓，便說服舅舅讓她加裝監視器，還在家中各處都藏了防身用具。

她環顧四周半晌，小心翼翼地下了床，反握著小刀將整個家巡了一遍，什麼動靜也沒有，這才困惑回房，整理地上雜草。

她很快發現，散落一地的雜草，其實不是普通的雜草，而是夢境裡媽媽要她無時無刻戴著的「醒神」的配方。

媽媽在世時，最喜歡手工乾燥花，時常帶著年幼的她，親手製作各種花飾，除了花飾之外，媽媽也會在出外踏青時採些野生植物，帶回家曬乾裝袋，製成香包——媽媽懂得許多祖傳香包配方，不同的香包配方有不同功效，有些能驅蟲、有些能助眠、有些能降低壓力、有些單純令環境芬芳。

「醒神」的功用是提神醒腦、安定心神。

7.

正午時分，在外用完餐的鍾小晴，順路跑了一趟中藥鋪，補齊幾樣製作「醒神」的材料，返家製作醒神香包。

她將經過微波爐乾燥的植物材料摻入幾樣中藥材，裝入空茶葉袋中，製成十數枚小香包，塞入她那夾著醫療口罩的卡通口罩套裡，令那口罩套搖身變成防疫也兼具提神醒腦之用的口罩。

「臉變好圓……」她照著鏡子，像是對於塞入醒神香包之後，變得股脹隆起的口罩套外觀有些意見。

叮咚叮咚門鈴聲響起，鍾小晴隨手將卡通口罩套放在桌上，起身要去開門迎接銳凱和思萱，但她手機螢幕同時亮起，她反射地取起查看，是銳凱傳來的訊息——

我剛剛才辦好出院手續，和思萱回家，可能得晚點才去妳外公家。

「嗯？」鍾小晴直勾勾地望著大門——

門外倘若不是銳凱和思萱，那會是誰？

近日發生的事，加上夜裡母親耳提面命，令她很難不想到是否是那殺人魔找上門來了。

她回房翻出水果刀握在手上，來到客廳對講機前，只見對講機螢幕上，門外站著一個憔悴消瘦的陌生男人——和昨日銳凱、思萱口頭敘述那殺人魔體型壯碩、國字方臉的模樣有些落差，但她畢竟沒有親眼見過殺人魔，此時也不敢百分之百確定對方身分，遲疑地不敢按開前院大門。

叮咚——那人再次按下門鈴。

「嗯……」鍾小晴透過對講機，問：「你是哪位？」

「這裡……」消瘦男人說：「這裡是不是張明文家？」

「他是我外公，他現在不住這裡。」鍾小晴問：「你找他什麼事？」

「他是妳外公？」那男人愣了愣，跟著問：「妳是鍾小晴？妳就是張娟女兒？」

「你……」鍾小晴狐疑問：「你到底是誰？你有什麼事？」

「妳媽媽要我來找妳。」消瘦男人這麼說。

「你說什麼？我媽媽她早就——」鍾小晴瞪大眼睛，正要罵人，鼻端陡然聞到一股濃濃醒神香氣，她呆愣愣摸摸臉，此時她臉上並未戴著那塞了醒神香包的口罩套，她回頭望著廳桌上十餘只香包，昨夜媽媽那瘋癲叮嚀浮現在腦海裡，她沉著氣，朝對講機說：「你在哪裡見到我媽媽的？」

「……」消瘦男人像是有些爲難。「我這樣講可能有點突兀……妳可能覺得我是騙子，其實我是在夢裡見到妳媽媽的……她說妳有麻煩了，有個傢伙盯上了妳，那傢伙很難纏，我也吃了他不少苦頭，我……」

鍾小晴打斷那男人的話，問：「你叫什麼名字？」

「程無。」男人說：「我是一個道士。」

鍾小晴仍然沒有按開前院大門，而是開了客廳正門，握著水果刀，悄悄走過前院，來到大門旁，揭開鐵門信箱背蓋，用刀尖挑開投遞口，偷瞧那站在對講機前的程無。

由於信箱投遞口狹窄，外加角度受限，鍾小晴僅能看見程無一小部分側臉和上身。

程無聽見鐵門信箱發出喀啦聲響，往信箱瞧了幾眼，鍾小晴和程無視線對上，嚇得低呼一聲，退開老遠。

「妳很害怕？妳遇到麻煩了？」程無伸手敲了敲鐵門，無奈說：「妳如果吃過那傢伙苦頭，會害怕也是應該的，我也不知道怎麼讓妳相信我……不過，妳可以說說妳遇上什麼麻煩，或許我可以給妳些建議……」

鍾小晴緊握尖刀，靜默半晌，說：「有個殺人魔在追殺我兩個朋友，接下來可能會輪到我，我媽媽說，那個殺人魔背後有一個更厲害的人替他撐腰……」

「殺人魔背後那東西不是人，是鬼，而且再過不久，就要成魔了……」程無苦笑說。

「成魔……」鍾小晴一時也無法理解這在電影、漫畫、小說裡才會見到的詞彙。

「那隻鬼，生前是個很厲害的巫師，擅長蠱毒巫術。」程無說：「這巫師在臨死前，對自己下了蠱，指示弟子將他屍首混合毒蟲、草藥，一起燒成灰，讓他在骨灰罈子裡持續修行，直到成魔。」

「成……成魔會怎樣？」鍾小晴問。

「成魔之後，就可以出來了。」程無答。

「出來？他現在不能出來嗎？他被關著？」鍾小晴又問。

「他施在自己身上的煉魔凶法，可以讓他更快地累積道行、修煉成魔，但在成魔之前，他的魂離不開骨灰。」程無解釋：「妳剛剛說的殺人魔，只是他用來狩獵活人的爪牙，如果他成魔了，就不需要爪牙，可以親自動手了。」

「你……你怎麼知道這麼清楚？」鍾小晴追問。「你連他對自己下蠱施法都知道……」

「我知道很多關於他的事。」程無說：「一部分是我向同門長輩打聽出來的，一部分是那巫師親口告訴我的。」

「什麼？他親口告訴你？他為什麼告訴你？」

「兩年前，我壞了他的好事。」程無苦笑說：「說來我也冤枉，我只不過是收錢工作，我是個道士，接了筆生意處理一間凶宅，化解一對父子亡魂怨念，誰知道那對父子亡魂原來是那巫師鎖定的獵物——他抓住了那對父子心中的弱點，慫恿兒子跳樓、慫恿父親飲酒過量死去，他要將父子魂魄訓練成惡鬼、當他的鬼僕，卻被我壞了好事——於是我就變成他的眼中釘了。」

程無說，兩年來，那巫師不時會對他耳語，有時恐嚇威逼、有時蠱惑利誘。接著，他有很長一段時間賺不到錢，有些本來打算找他消災解厄的客人們，紛紛轉找其他道士法師；也有些客人，在事成之後，卻堅拒付款，甚至以死相逼。

程無在那些古怪客人情緒發作時，都會嗅得那巫師的氣息。

幾次之後，他不再接生意，靠著存款度日，心想或許時間久些，那巫師或許會放過自己，然而事與願違，那巫師用上些更古怪的方法，煽動他的老顧客，甚至是他遠親老友，苦苦哀求他幫忙，都是些祖墳風水之類的「小生意」——他到了現場才發現這「小生意」可真不小——不是巫蠱陷阱、就是厲鬼滿屋。

他好幾次都差點喪命。

程無搬了家、換了手機，和老顧客、親朋好友斷絕了一切聯繫，才不再接到那些稀奇古怪的生意。

儘管如此，他還是時常聽見那巫師對他耳語。

巫師對他說，他只有兩個選擇，一是乖乖當他弟子、幫他做事、當他忠僕；二是被他趕盡殺絕之後，俘虜修煉成鬼僕之後，當他忠僕。

「這什麼選擇……」鍾小晴湊在鐵門信箱旁，說：「你怎麼選？」

「我當然兩個都不要。」程無倚著鐵門，側頭朝著信箱投遞口說：「他遊說我當他弟子的時候，說了不少他生前、死後的威風事蹟。」

「你拒絕他，他還是不放過你……」鍾小晴問：「你有辦法對付他嗎？」

「他不放過我，我也打算跟他拚到底……我花了不少工夫追查巫師來歷，才知道這巫師生前和我修道門派早有過節……我向同門長輩打聽出他許多事，也一併打聽出妳們家……」程無這麼說。

「什麼？」鍾小晴驚訝問。「打聽出我們家？我們家怎麼了？怎麼會跟那巫師有關？」

「妳媽媽家族長輩在幾代之前，也是修道世家，和我算是同門。」程無說：「妳外公的爺爺，是他們家傳火居道士最後一代——我剛剛說那巫師和我修道同門有過節，那個『同門』，就是妳媽媽家族長輩。」

「什麼！」鍾小晴愕然問：「那巫師跟我媽媽家長輩有過節！什麼過節？」

「這是我向同門長輩打聽來的說法，其中恩怨細節，應該也只有妳家族長輩知道……」程無苦笑，簡單向鍾小晴轉述他打聽來的情報，說那巫師生前逮到機會便驅屍趕鬼襲擊鍾小晴母親家族眾人，就連死後閉關骨灰罈裡修魔，都指示弟子帶著他修魔骨灰罈四處獵殺鍾小晴母親家族後人，甚至追著鍾小晴母親家族長輩一同跟隨國民政府遷台。

但當時替巫師帶著骨灰罈的弟子也老了，抵台之後染上重病，臨死之前，在巫師指示下，將巫師骨灰罈子帶進山中一處至陰之地，讓罈中巫師吸取陰氣、修煉魔道。

本來那弟子答應死後擔任鬼僕、繼續效忠巫師，但不曉得是病昏了頭、還是厭倦長年替巫師幹些傷天害理的事，他死前對自己施咒時出了差錯，不僅令自己魂飛魄散，也讓困在罈中的巫師從此缺少了跑腿幫手。

誰知那巫師道行終究高深，即便魂不離罈，僅僅靠著深山陰氣，多年下來，竟又煉出了獨門邪法，能夠遠遠地嗅出惡人，或是各式各樣心懷恐懼、心有缺陷的人們，對他們呢喃耳語，蠱惑他們行凶殺人，再將獵得的血肉帶返陰地獻祭。

「那……你又怎麼會和我媽媽說上話，她、她……」鍾小晴聽程無講這一大段東拼西湊來的故事，一時也難辨眞僞。

「其實應該算是我主動找她。」程無說：「我向同門長輩問了妳媽媽家族往事，但不知道怎麼找你們，只能三不五時起壇施法、觀落陰，但姓張的人滿街都是，我見過成千上百個姓張的亡魂之後，終於招來妳媽媽。」

鍾小晴驚訝得合不攏嘴，這才知道程無不但知道媽媽已死，且還見過她的魂魄。

「妳媽媽當年，就是死在同一個殺人魔手下。」程無繼續說：「她說那巫師三天兩頭說話恐嚇她，說殺人魔很快會找上妳，她求我幫妳，我要她別急，讓我準備幾天，請她先替我向妳帶幾句話，否則我直接找妳，說什麼妳也不會信我，就在昨晚，她突然托夢給我，說她跟著妳到了醫院，撞見那殺人魔，她怕那殺人魔要傷害妳了，急得找他打了一架，結果……」

「她打輸了……」鍾小晴呢喃接話，這才知道媽媽為了保護她，才找那殺人魔打架。她腦海裡浮現起媽媽昨晚夢裡悽慘模樣，眼淚不禁在眼眶裡打起轉來。

「我覺得不能再拖下去了……」程無說：「那傢伙很快會找上門，妳得跟我合作，才能對付那傢伙，跟他背後的巫師。」

「合作？」鍾小晴問：「怎麼合作？我……我又不會法術。」

「妳不需要會法術。」程無說：「我同門師長說，當年妳媽媽家族長輩，為了對付那巫師，鑽研出一種獨門陣法；妳媽媽跟我說，妳外公雖然沒有繼承門派衣缽，但過去長輩遺物一直留在身邊，那遺物中，有那整套陣法專用法器和筆記。」

「遺物……」鍾小晴思索半晌，說：「我外公把很多老東西都收在地下室裡，我得花點時間找一找……你……你可以在門外等我嗎？」她說到這裡，像是有些掙扎。「你要不要去速食店坐一下？很抱歉我不太方便讓你進屋，現在家裡只有我一個人……」

「無所謂，我時間多得很，妳慢慢找。」程無聳聳肩。

「這樣好了……」鍾小晴想了想，和程無交換了通訊軟體帳號，接著轉身奔過小院進屋。

她剛進屋，陡然感到腦袋一陣暈眩，有個聲音出現在她腦海裡。

「孩子——」那聲音聽來溫和慈藹。

「嗯？是誰？」鍾小晴呆了呆。

「妳別害怕，我是好人。」那聲音說：「妳別相信門外那人，他想害妳。」

「什麼……」鍾小晴呆了呆，回頭望著門外，神情猶豫。

「妳聽我說，妳現在……」那聲音正想繼續說些什麼，鍾小晴陡然感到全身一陣發麻，耳朵鑽入一聲尖銳嗥叫。

「別聽他的——快聞聞醒神！」那是媽媽的聲音。

鍾小晴吸了口氣，奔至廳桌，取了卡通口罩套戴上，口罩套裡那醒神香包氣味，嗅來芬芳清涼，驅散她那陣莫名暈眩感。

她喘了口氣，快步轉進地下儲藏室，在堆積如山的雜物堆中東翻西找起來。好半晌後，鍾小晴才滿頭大汗地點開通訊軟體，和程無視訊對話。

「我找到一箱東西，你看看是不是這些……」她將視訊轉成前鏡頭，拍攝著身前一只敞開的老皮箱。

老皮箱裡有套道袍、有幾袋小物、有兩疊鈔票大小的長方形銅盤和一只圓形銅盤，除此之外，皮箱裡還斜放著一柄桃木劍、八卦鏡、十餘本書籍筆記。

「啊！」程無盯著視訊畫面裡皮箱裡兩疊銅盤，說：「妳數數看，那些長方形的東西，是不是一共八片？」

「八片？」鍾小晴從皮箱中取出兩疊銅盤，一片片攤開，果真有八片，她訝異問：「你怎麼知道是八片？」

「這是八卦啊。」程無笑說：「皮箱裡還有片圓形盤子，擺在中間，就是你們家祖傳陣法了。」

「八卦？」鍾小晴好奇拿起那些銅盤細瞧，果真見到圓形銅盤裡有淺淺太極浮凸圖案，長形銅盤裡則浮凸著三條粗橫線。

「長盤子上的橫線叫作『爻』，一條長的叫『陽爻』，兩條短的叫『陰爻』；三爻爲一卦，八片盤子，就是八卦。」程無隨口解說。

鍾小晴將圓銅盤擺在中央，將八只長盤擺在周圍，確確實實就是印象裡的太極八卦。她將鏡頭對準了自己擺出的八卦，問：「是不是這樣？」

「嗯……掛的位置沒擺對，不過沒差，有了這東西，就能擺陣對付那巫師了……」程無疲憊臉上總算顯露些許光彩。

「所以——」鍾小晴遲疑問：「你的意思是，我把這些東西給你，你就能解決那殺人魔了？」

「呃……」程無搖搖頭，說：「這個陣法是用來對付那巫師用的，至於他那殺人魔嘍囉，不在我的能力範圍裡……只能讓警察抓他了。」

「如果讓那殺人魔沒了靠山，應該就沒那麼難搞了吧……」鍾小晴想了想，將圓盤子長盤子全收回皮箱，闔上箱蓋，提起就往外走，對電話那端程無說：「反正我把箱子交給你，讓你來處理吧。」

「我得先說……」程無苦笑說：「這個陣法，光憑我一個人搞不定，妳得幫忙護法……」

「護法？」鍾小晴提著箱子返回一樓客廳，不解問：「那是什麼？」

「這……我一時也很難解釋……咦？」程無說到一半，閉口半晌，問：「妳有朋友找妳？是一男一女？」

「啊？」鍾小晴啊呀一聲，說：「一男一女？是年輕人？他們——」她放下皮箱，三步併作兩步奔出前院，正要撥電話給銳凱，便收到銳凱訊息——

鍾小姐，我們到妳家門口了，可是外面站了一個怪人，是妳認識的人嗎？

鍾小晴終於打開了鐵門，向門外程無點了點頭，又向站在遠處，提著大包小包的銳凱和思萱招手，說：「一起進來吧。」

8.

「等等，讓我消化一下……」

銳凱站在鍾小晴外公家客廳，盯著眼前廳桌上那裝有奇異法器的老皮箱，快速整理了腦袋思緒，望了望程無，對鍾小晴說：「妳說這位程先生，是個道士，被妳媽媽找來幫妳對付殺人魔──背後的一個巫師？那個巫師利用殺人魔殺人獻祭幫助他修行，讓他修煉成魔。修煉成魔的巫師會變得更凶更厲害，到時候我們所有人都逃不了。」

「差不多是這樣沒錯……」鍾小晴和程無同時點頭。「你整理得不錯。」

「然後──」銳凱指著老皮箱繼續說：「程先生對付巫師，必須用這個八卦陣，但是用這個八卦陣，必須有人護法，所以……」

「所以你要我幫你護法？」鍾小晴望著程無。「護法要怎麼護？」

程無從皮箱裡捏起一只銅盤托在手上，環視三人。「銅盤子裡倒菜籽油，擺進燈芯，點火。護法負責看著火，不能讓火熄滅，火一滅要立時補上。」

鍾小晴和銳凱、思萱互望一眼，說：「聽起來好像不難……」銳凱也補充說：「只要油沒問題、燈芯夠粗、窗戶關著別弄出風，火應該沒那麼容易滅……」

「正常情況下當然是這樣。」程無苦笑說：「但是那巫師當然不會讓我們這麼輕鬆擺這陣，他一定會派『東西』過來搞破壞。」

「派『東西』過來？是派鬼對吧……」三人吸了口氣。鍾小晴問：「巫師派鬼過來的話，你會負責抓鬼，不是嗎？」

「我？」程無抓抓頭，說：「這陣擺開時，我應該在山上。」

「山上？」「你要我們擺陣護法，你自己去爬山？」銳凱和鍾小晴困惑問。

「我爬山，是要去掀那巫師老巢，毀了他骨灰。」程無說：「但他老巢當然沒那麼好掀，裡頭一定有厲害守衛，所以才要擺陣，那個陣法的功用，是加持我的道行。」他說到這裡，從老皮箱裡拎起一只小布袋。「我沒猜錯的話，這一袋裝的是銅錢。」

他搖搖那泛黃小布袋，發出噹啷啷金屬碰撞聲，揭開來看，果然是一袋銅錢。「整袋銅錢分成兩批，一批浸在圓盤子菜籽油裡，一批帶在身上，只要陣火不滅，陣法就能招聚陽氣，透過銅錢，傳到我身上，讓我對付那些看守巫師骨灰的厲鬼守衛。」

「這樣啊，等等……」鍾小晴急問：「所以你的計畫，是要我們在家護法顧火，你上山找骨灰？」

「是啊。」程無點點頭，說：「還是你們要跟我上山，沿路護法？那樣不是不行，只是那樣子很難擺陣，更難顧火……」

「可是……」鍾小晴和銳凱、思萱面面相覷。「我們三個，怎麼對付得了鬼跟殺人魔？」

「銅錢我不會全帶去，你們拿著一部分銅錢，一樣會受到陣法陽氣庇護，我們一路保持聯絡，我會隨時教你們怎麼自保。」程無說到這裡，頓了頓，又說：「如果你們不幫我護法，一樣得面對殺人魔跟巫師找上門，不是嗎？」

「好像有點道理……」鍾小晴見銳凱和思萱似乎沒有反對的意思，便問程無：「那你打算什麼時候行動？」

「今晚。」程無這麼說。

「今晚？」三人又是一驚。「這麼趕？」

「不然呢？」程無苦笑攤手。「那巫師道行一天高過一天，他很快就要成魔了，越晚行動，他越難對付；更重要的是我好不容易查出他骨灰位置，現在有機會，當然要殺他個措手不及，不然他要那殺人魔把骨灰藏去別的地方，那就前功盡棄了……」

「那……」鍾小晴盯著皮箱裡那些法器，問：「你剛剛說，擺這陣需要菜籽油是吧？還需要其他的東西嗎？」

程無先說了幾樣藥材，接著從皮箱取出大疊經書、筆記翻看，又講了些陣法方位等注意事項。

大夥兒分工合作，鍾小晴和思萱出門分頭補齊藥材，還買了一大瓶菜籽油和三人晚餐零食回來；傷處還隱隱作痛的銳凱，則從鍾小晴製作香包的材料堆中翻出棉繩，經過剪裁，用小長尾夾夾著當作燈芯。

程無選定了鍾小晴臥房作爲擺陣處，抬了張小方桌進房，將九只銅盤依照卦位擺放上桌，放入燈芯、倒入菜籽油，按照祖傳筆記上的指示，點火施法，接著將小布袋裡的銅錢分成五份，一份放入太極圓盤菜籽油裡，一份自己帶在身上，餘下三份，讓鍾小晴三人平分。

鍾小晴取來了三只備用口罩套，全是卡通圖案，她將醒神香包和醫療口罩一併塞入口罩套裡，分給三人。

「這個香包是我媽媽家祖傳配方，可以提神醒腦，她在夢裡要我無時無刻戴著醒神。」鍾小晴直到這時，才說出自己剛剛聽見「聲音」的經過，她說：「如果大家覺得頭暈，就戴上這口罩套，應該會有點幫助。」

程無穿上皮箱裡那件老道袍，將桃木劍繫在腰間，將八卦鏡和銅錢塞入側背包裡，活像過去電影裡的驅魔道士。

他盯著鍾小晴遞來的卡通口罩套，略有遲疑，像是對口罩套上卡通圖案有點意見。他勉強接下戴上臉，閉目吸了幾口氣，哦了一聲。「這東西好像眞有用，能不能多給我兩包?」

鍾小晴拎來今早才做好的一大袋醒神香包，程無抓了一把塞進側背包，用手機叫了計程車，出門前，不忘叮嚀鍾小晴三人：「無論如何，都要顧好火。」

「好。」鍾小晴點點頭。

9.

晚上八點，用完晚餐的三人聚在鍾小晴房間。

鍾小晴盯著電腦桌上兩面螢幕裡十餘處監視器畫面，銳凱和思萱則守著方桌上那火八卦陣，見哪株手工燈芯燒短了、火小了，便添上新燈芯，點火之後再用鑷子夾出舊燈芯。

鍾小晴在床上擺出一整排防身工具，任銳凱和思萱隨意挑選——鋁棒、榔頭、廚房刀具、防身手電筒、防狼噴霧器、平底鍋，兩人見這些五花八門的防身武器裡，甚至有違禁品甩棍和指虎，不禁覺得誇張，但想到鍾小晴年幼時母親遭殺人魔割喉，如今自己獨居，之後還得負責管理整棟公寓租賃，防備誇張些，也不是不能理解，便也未加多問。

「我有個問題。」銳凱出房上了廁所，返回鍾小晴臥房，忍不住發問：「爲什麼道士老兄要把陣設在房間裡，怎不設在客廳？」

「誰知道，可能他覺得我房間風水好吧……」鍾小晴盤腿坐在電腦椅上，聳聳肩說：「我是無所謂，而且我覺得把陣擺在房間也不錯，我待在自己房間裡，也比較安心。」

她說到這裡，指指衣櫥，說：「可能你們覺得誇張，但是我的衣櫥裡有緊急藥品跟乾糧。」接著她指向房門。「門是防盜鋼木門，中間夾鋼板，還加裝三道鎖。」最後她指指廁所和窗戶。「套房廁所可以確保水源，窗戶是防入侵玻璃，鐵鎚都打不破，看到窗戶旁邊的按鈕嗎？去按按看。」

「按鈕？」銳凱好奇起身按了窗旁按鈕，只聽見一陣微微喀啦聲響後，窗外降下一面金屬捲門，不禁讚嘆。「嘩，妳家在窗戶外裝鐵捲門！」

「那是防颱防盜鋁合金捲窗。」鍾小晴說：「之後我晚上睡在房間裡，不用怕哪個房客付不出房租，看我是女生好欺負，偷偷來殺我。」

銳凱哈哈笑說：「這房間用來擋房客是大材小用，根本可以擋殭屍了。」

「先別管殭屍。」鍾小晴笑著捏了片洋芋片入口。「能擋得了殺人魔就好。」

「嗯？」思萱突然叫了一聲，指著鍾小晴桌上監視螢幕。「外面有人！」

鍾小晴回頭，只見螢幕上分割畫面裡，前院大門外，站著一個女人。

女人披著豔紅大袍、肚腹隆起、低垂著頭、長髮遮面，身子微微左右搖晃。

「誰啊？」鍾小晴湊近螢幕，看了幾眼，也認不出這女人，只見女人抬手按下門鈴——叮咚。

鍾小晴警覺地從桌上拿起水果刀，走出房間，銳凱和思萱跟在後頭。三人來到對講機前，鍾小晴問：「誰？」

女人不答，身子仍然搖搖晃晃，抬起手又按下一次門鈴。

「誰啊？」鍾小晴拉高分貝。

女人還是不答，緩緩抬頭，盯住了對講機鏡頭，她兩隻眼睛殷紅一片，微微張開的口中是整排利齒。

下一刻，女人大袍敞開，擠出一顆嬰孩腦袋，那嬰孩渾身浴血，咧嘴厲笑，撲向對講機鏡頭張口大啃起來。

對講機畫面登時消失。

「喝——」三人駭然大驚，鍾小晴湊近門邊，透過門上貓眼窺視前院動靜，只見大門圍牆探出了女人身影，女人俐落攀上圍牆，像隻野獸般蹲在牆沿，赤裸雙腳直接踩著圍牆上整排玻璃碎片，似乎不痛不癢。

她身上那大紅袍敞開，肚腹是裂開的，她那大袍下襬邊角和袖沿呈淡淡鵝黃色——原來她那身鮮紅大袍，本來並非紅色，是被血染紅的。

嬰孩攀上女人肩頭，像是抱著母猴的小猴般摟著女人腦袋，在她耳邊嘰嘰喳喳。

女人蹲在牆上左顧右盼，突然停住腦袋，視線與貼在門後貓眼前哆嗦不已的鍾小晴對上，突然尖嗥一聲，飛快躍下，朝著客廳大門直衝奔來。

「哇呀！」鍾小晴終於驚恐尖叫起來，拉著思萱和銳凱雙臂轉身往房間跑。

「妖怪啊——」

「什麼?」「妖怪?」銳凱和思萱沒有瞧見那女人攀在牆上的可怕模樣，一時也不知道鍾小晴究竟看見了什麼，但立刻聽見大門發出轟隆聲響，那聲音之大，像是門外有頭猛牛在撞門般。

三人奔回房中，關門上鎖。

「快……快打電話給程無。」「要不要報警?」「好!也報警吧。」三人手忙腳亂地拿起電話，打給程無和那刑警大叔，還不忘替方桌上的火八卦陣添加菜籽油。

「謝大哥嗎!」銳凱急急對著電話那端的刑警大叔說:「抱歉我出院沒告訴你……你別生氣，先聽我說，我現在碰到麻煩了!不是，不是殺人魔……其實我也不知道和他有沒有關係，總之有很可怕的東西在門外!拜託你快點過來，我這邊地址是——」

另一邊，鍾小晴一面盯著監視畫面裡前院景象，一面按了通視訊電話給程無，程無一接聽，她立時尖聲嚷嚷:「道士大哥，你看這是什麼?」

她尖聲問，同時將視訊鏡頭對準了電腦螢幕上的監視畫面。

「嗯?那是……啊呀!是那東西!」程無儘管透過視訊看鍾小晴電腦螢幕，畫面不甚清楚，但他很快認出鍾小晴門外那傢伙，急急說:「妳聽我說，那是子母凶！你們的銅錢呢？有沒有帶在身上？」

「子母凶？什麼是子母凶？」「有！銅錢我們有帶著。」三人擠在電腦螢幕前，一面與程無對話，一面盯著電腦螢幕上那血袍女人像是瘋了般撞著門，一旁浴血嬰孩則四處探頭探腦，像是在尋找有無其他能夠進屋的地方。

「很多年前，那巫師曾用這招對付妳母親家族長輩。」程無急急說：「這東西很難修煉、煉出來的殭屍窮凶惡極，我沒想到他在現在用同一招對付你們！」

「殭屍？眞的要打殭屍了！」銳凱三人駭然大驚，沒想到不久之前的戲語竟成眞了。

「你們報警了沒？」程無問。

「有！報警了……」銳凱連連點頭，反問：「警察開槍能打死子母凶嗎？」

「不能。」程無說：「但是多幾個警察去你們那兒，增加被咬的分母，減少你們被咬的機率……當然如果你們不想讓警察白白犧牲，也可以不報警……」

「先別講這些！」鍾小晴連忙打岔，問：「道士大哥，你還沒教我們怎麼用銅錢啊！」

「銅錢放在口袋裡就好了。」程無說：「火八卦引出的陽氣，會透過銅錢守護你們，你們用櫃子擋著門、用身體擋著櫃子，那子母凶會因爲火八卦的陽氣而變得虛弱，沒力氣撞門，你們現在要做的，就是全心顧火，我已經看到那巫師藏骨灰罈的破廟了，等我滅了巫師骨灰，子母凶沒人指揮，就沒有太大威脅了。」

「好吧，你快點……」鍾小晴點點頭，瞧瞧房門，確認三道鎖都上了，喃喃自語說：「我房間是鋼木門，應該不用搬櫃子擋吧……」她剛說完，卻聽見客廳發出一陣喀啦聲響，像是有東西在屋中跑。

銳凱急忙來到房門前，伏在地上，透過門縫往外瞧，陡然驚喊：「有小孩的腳！小孩進客廳了——」

「什麼！」鍾小晴驚恐之餘，啊呀一聲喊：「廚房窗戶沒關！它從廚房爬進來的！」

「小孩在替它媽開門！」銳凱大喊，他剛喊完，身子猛地一顫，向後一縮。一條小手自門縫扒入，距離銳凱腦袋只有數公分，不停扒抓，還發出聲聲凶吼。

銳凱肚腹傷勢尚未痊癒，被這麼一嚇，激動之餘，傷口似乎微微裂開，痛得起不了聲。

鍾小晴和思萱一人拉著一腳，將銳凱拉離門縫，接著三人七手八腳，搬來三格櫃擋著門，還在櫃上堆疊書堆增加重量。

客廳一聲長吟，哄得小孩停止吼叫，縮回了手。

鍾小晴喘著氣，離門縫好一段距離伏下，隱約見到客廳多了雙成人小腿——

那嬰孩開了門，女人進屋了。

三人圍在小櫃前，六隻手擋著門。只聽見門外響起磅啷啷的敲門聲，聲音雖響，但和剛剛那猛牛衝門之勢相比，顯然弱化許多，當眞是受到門後三人身上的銅錢陽氣影響。三人稍稍鬆了口氣，這樣的力道，應當無法撞壞這扇鋼木門。

「喂喂喂！你們聽得見嗎？」程無又說：「我還有另一招，是我的絕招。」

「道士大哥，你還有絕招？」鍾小晴朝著桌上手機喊：「怎麼不早說？是什麼招？」

「因爲我趕著找出骨灰。」程無說：「現在我們的陽氣透過火八卦陣串在一起，我這邊施法，妳那邊一樣有效，鍾小妹，妳現在戴上口罩！」

「口罩？」鍾小晴困惑問：「爲什麼要戴口罩？」

「我這絕招得戴著口罩才有效。」程無答。

「什麼絕招這麼奇怪？」三人同時問。

「觀落陰。」

「觀落陰？」三人你看看我我看看你，鍾小晴問：「道士大哥，你是說那種見到過世親人的觀落陰？那能幹嘛？現在殭屍在門外啊！」

「鍾小妹，這火八卦是妳家長輩祖傳陣法，妳在火八卦前觀落陰，像是站在海岸燈塔底下，我應該能快速找來妳家族長輩——」程無說：「如果他們還沒輪迴的話……」

「找到我家族長輩，又能怎樣呢？」鍾小晴問。

「他們應該有和那巫師交手、和子母凶對壘的經驗。」程無說：「他們說不定比我更懂得怎麼治那子母凶。」

「原來如此……」鍾小晴恍然大悟。「那我要怎樣觀落陰？」

「你們三個人，一個擋著門，一個守著火，鍾小妹，妳戴著口罩，坐在火八卦前，閉著眼睛打坐，什麼都別管，我直接替妳施法，直到妳確定自己是閉著眼睛，但還能看得見東西、見得到人，還是妳過世的家人，那表示觀落陰成功了。」

「好……」鍾小晴和銳凱、思萱相望一眼，銳凱擋著門、思萱轉去顧火，鍾小晴來到小方桌前盤腿坐下，深深地吸了一口氣、閉上眼睛。

她耳際隱約響起程無的唸咒聲，只覺得那聲音忽遠忽近，也不知這聲音是自手機響出，還是那程無的咒語當眞透過了火八卦，遠遠地傳進她耳朵裡，她只覺得意識漸漸渙散、身子變得輕盈，彷彿置身雲端一般。

她緊閉的雙眼前方浮現起一個模糊身影。

她不確定自己是不是恍惚之間睜了眼，也不敢伸手摸臉，只能盡量出力緊閉眼睛。

她依稀聽見銳凱和思萱叫喊聲、同時又混雜著程無唸咒聲、還有一陣陣風颳聲、火燃聲和幾聲年邁咳嗽聲。

眼前那人影在焚火風中愈漸清晰，樣貌是個老人，衣著十分新潮，上身是花襯衫，下身配短褲拖鞋，儼然一副從夏威夷海灘躺椅上被人喊醒的模樣。

鍾小晴只覺得這老人五官有些熟悉，一時卻想不起是誰。

「ㄚ頭，妳是誰呀？」老人搔著腦袋，望著鍾小晴。

「你……啊！」鍾小晴盯著老人雙眼，尖叫一聲。「曾外公？」

「曾外公？ㄚ頭妳認錯人了吧？」老人呆了呆，左顧右盼，呆愣愣問：「這啥地方？我不是在家看電視？怎麼打個瞌睡一下來到這裡啦？」

「我沒認錯，你是我曾外公，我在家族照片裡看過你！」鍾小晴像是見到偶像般往前走去，握住老人的手，陡然驚覺自己並非在自己臥房，而是站在一處迷濛昏黃的雲霧裡，她知道程無觀落陰成功了，連忙對眼前老人說：「你是我曾外公沒錯，你是不是叫張睿光？」

「什麼？妳知道我名字？妳是我家裡哪個孩子的孩子呀？我那麼多孩子孫子……」那叫作張睿光的老人一下子可反應不過來，正想追問，身後又隱隱浮現出另個身影。

同樣老邁，甚至更老些。

個頭比張睿光矮了些。

張睿光回頭見了老人，唉喲一聲，嚷嚷叫著。「阿公！怎麼你也來啦？」

老人叫張土豆，是張睿光的爺爺。

「啊？孫呀，你又來看我啦？」張土豆同樣一副沒搞清楚狀況的樣子，笑呵呵地拍著張睿光的肩。「捨不得阿公輪迴做人啦？」

「不是……」張睿光搖搖頭，說：「不是呀，我也是莫名其妙被人喊來這地方，這丫頭……」他邊說邊指著鍾小晴，說：「她說我是她曾外公，那你就是她的……」

「曾外公？」張土豆瞇起眼睛望著鍾小晴，突然左顧右盼起來，似乎也聽見程無的咒語聲，困惑問：「這是觀落陰咒？小妹妹妳是陽世活人？」

鍾小晴更清楚地聽見銳凱和思萱的驚呼聲，知道房間情況似乎有變，急急朝著張睿光和張土豆尖叫嚷嚷：「兩位阿公聽我說——我是你們後代子孫張明文的外孫女！我被一對母子殭屍追殺，道士大哥說那是子母凶，用觀落陰讓我找你們幫忙——」

「什麼！阿文的外孫女，那我眞是妳……喝！妳說什麼？」張睿光起初聽見鍾小晴喊出兒子姓名，本已驚訝，接著聽見子母凶，更訝異地和張土豆相望。張土豆駭然大驚，嚷嚷叫起。「子母凶？子母凶！咱家後人也碰著子母凶啦？」

「是啊！兩位阿公快教我怎麼對付他們——」鍾小晴緊拉著張睿光和張土豆

的手搖晃起來，只覺得四周天旋地轉，銳凱和思萱的驚呼聲越來越大。

一個身影飛衝闖在鍾小晴和兩老面前，跪在地上，拉著張睿光的手，大力搖晃，哭叫驚喊：「阿公呀，救救我女兒小晴——」

是鍾小晴的媽媽張娟。

「妳是阿娟！」張睿光驚駭望著張娟，嚷嚷叫著：「妳怎麼……怎麼……都沒老，妳……啊呀！妳不是沒老，妳是和阿公一樣，變成鬼啦？」

面目狼狽的張娟，可沒耐心解釋，左手揪著張土豆胳臂，右手挽著張睿光胳臂，尖叫一聲往上飛竄。

鍾小晴睜開了眼睛，只見房間轟隆隆地吵成一團。

銳凱死命用後背抵著房門，房門三道鎖加上原本的門鎖都給撞歪了，微微敞著一條縫，紅袍女人的一隻手擠在門縫間，死命撐著門。

另一邊思萱左手拿菜刀、右手拿平底鍋，瞅著窗戶尖叫。

那血嬰孩將那鋁合金捲窗扯開一個大破口，半邊身子擠進捲窗和玻璃窗之間，不停用腦袋撞擊那防侵入玻璃——那片防侵入玻璃強度極強，儘管被血嬰孩撞出密密麻麻的碎痕，但不破就是不破。

血嬰孩整個身子都擠進捲窗和玻璃窗之間，雙手揪著玻璃窗框，左右硬推，硬是將金屬窗框推擠變形，使得那左右橫拉的窗，竟緩緩向外推開。

鍾小晴尖叫一聲，起身衝向窗，用全身的重量往窗上壓去，她身上溢出了火八卦陣陽氣，近距離壓制下，削弱那血嬰孩的力量。

思萱見鍾小晴用身子硬拚，也鼓足勇氣上來幫忙，按著窗框，將碎得看不清另一面的防入侵玻璃窗，硬是壓回原位。

另一邊，換銳凱嚷嚷大叫起來。

紅袍女人漸漸將門推開，一個人的陽氣加上鋼木門、數道鎖，似乎無法壓制這子母凶的母親殭屍的力量。

門縫逐漸被推開更大，紅袍女人將臉湊在縫間，瞧清楚方桌上那火八卦，猛地咧嘴尖笑起來，下一刻，它鼓起嘴，吹出一陣腥臭紅風。

八只長盤加上一片圓盤共九炷火，轉眼滅去五炷。

門外紅袍女人、窗間的血嬰孩，不再受到火八卦壓制力量，一齊咆哮厲笑，轟隆隆地破門破窗，衝進房裡。

張娟尖叫著竄到了紅袍女人和鍾小晴之間，朝著紅袍女人張牙舞爪；張睿光和張土豆則在血嬰孩面前現身，聯手將那撲向鍾小晴的血嬰孩揪下地。

數坪大的房間裡，擠了三人三鬼兩殭屍，尖叫呼喊碰撞打鬥聲混雜成一陣陣的巨大噪音，一時也聽不清眾人究竟叫了什麼、喊了什麼。

10.

深山一間廢廟地底，程無右手摀著左手，踉蹌後退，瞪大眼睛望著眼前像隻野獸般伏地的青森嬰孩。

在不遠處地板上，躺著一具青森女人。

青森女人大半邊身子和腦袋都焦黑一片，一動也不動——

這廢廟有處隱密地窖，地窖裡還有一條隱密坑道，巫師的骨灰罈就藏在地窖坑道盡頭。

不久之前，程無終於找著了廢廟，一手八卦鏡一手桃木劍地闖入廟裡，打跑幾隻巫師派駐在這兒的鬼僕，一路找進地窖。

地窖裡也藏著一對子母凶，倒也在程無意料之中。在火八卦陽氣加持下，程無手中的八卦鏡像是雷射炮、桃木劍有如光劍般，將那母子殭屍打得慘叫四竄。

他一劍刺倒青森女人，用八卦鏡映得它爬不起身，同時施咒轉劍，在那青森女人胸頸際寫下道咒，燒出熊熊烈火。

他立時轉身追打那青森嬰孩，卻料想不到，青森嬰孩搶下他八卦鏡、折斷他桃木劍，還咬下他左手小指和無名指。

他驚恐後退，猛地意識到自己一身火八卦陽氣不知不覺消散了，知道是鍾小晴家裡的火滅了，一時無計可施，只能連連後退。

青森嬰孩尖叫一聲撲向他，他從口袋捻出一枚銅錢，施咒同時賞那嬰孩一巴掌，將嬰孩打落在地。

程無喘著氣，又捻出兩枚銅錢，捏在手裡苦笑，喃喃說著：「沒了外掛，要開始考驗我基本功了是吧……」

青森嬰孩再次撲來，程無再出巴掌。

卻被一隻焦黑大手牢牢抓住。

是那母親殭屍——青森女人站起來幫兒子打架了。

青森女人按住程無雙手，對著青森嬰孩呀呀說起話，嬰孩噫噫呀呀地應著話，咧開嘴巴，朝程無脖子湊去。

程無盡力掙扎，只感到自己在沒有火八卦加持下，被青森女人抓著，猶如被鐵銬鎖著，知道單憑自己力量，完全不是這子母凶對手，只能長嘆一聲，閉上眼睛等死。

青森嬰孩咧開一嘴小牙湊近程無脖子，卻沒有咬下，而是抬起頭來，噫噫呀呀地轉頭四顧起來。

同時，青森女人也放開了程無雙手，慌亂地東張西望，一把抱起嬰孩，尖叫地往外竄。

這母子殭屍竄出地窖半晌，莫名又折了回來。

然後又奔離、又折回。

再奔遠、再折回。

程無撿回八卦鏡和斷成兩截的桃木劍，一下子不明白發生了什麼事，才讓自己死裡逃生，他也沒放過這機會，一腳踹開地窖一處小門，不顧門內陣陣惡臭，大步衝入坑道，在坑道漆黑盡頭裡揭開一只大木櫃，終於找著了巫師骨灰罈。

「吼——」子母凶齊聲發出的尖吼聲猶如滾雷，自遠而近地劈進地窖、震入坑道之中。

程無回頭，只見母子殭屍，已經站在坑道小門外，朝著坑道猛吼。

「老天爺別玩我啊……」程無急急取出備妥的符籙，點火施法，準備對著骨灰罈施咒，但那母子殭屍動作快得像是電影快轉般，轉眼撲近他身後，女人搶下他手上符籙，嬰孩咬住他臉頰——

程無感到臉頰劇痛，但同時也訝異這嬰孩竟沒有一口咬下他大塊臉頰肉，而是像隻凶惡小型犬般死咬著他的臉不放——

「啊？小鬼你牙沒力了？還是我臉皮厚到連我自己都不知道？」程無一腳踢退青森女人，揪著嬰孩下巴逼它鬆口，又掏出兩枚銅錢塞進嬰孩咧開嘴裡。「還是……火八卦重新點著了？」

嬰孩嘴巴燃燒起火，尖吼哀嚎哭喊，女人慘叫撲來要搶孩子，程無在嬰孩胸膛上急畫道咒，將嬰孩拋還給女人。

女人剛接下嬰孩，嬰孩胸前驅魔咒發動，口裡銅錢炸開，那嬰孩眼耳口鼻都燒出火，連帶將女人也燒了個全身著火。

程無矮身撿起重新發光的八卦鏡和折斷卻仍透出劍光的桃木劍護身，望著眼前那跪地浴火、奮力從嬰孩口中挖出了銅錢，卻無力起身，只能抱著孩子痛苦嚎哭的青森女人，哀淒喘著氣說：「對不起……我讓妳母子倆痛苦，但是妳別怪我……冤有頭債有主……」

程無說到這裡，回頭望向身後木櫃，敞開的櫃門裡放著那被他揭開了罈蓋的骨灰罈。

骨灰罈微微震動著，像是在顫抖。

「你也會害怕？」程無喘著氣，從側背包裡掏出一份新的符籙，呢喃施咒，符籙燃燒起火。

他抓出骨灰罈，瞅著罈裡那紅黑交雜的醜陋骨灰。

罈子震動得更激烈了，還伸出一隻若隱若現的手，按住了程無那缺了小指和無名指的手背。

「有話……」巫師的聲音自骨灰罈中響出。「好說嘛……」

「我跟你——」程無將燃火符籙塞進骨灰罈裡。「沒話說。」

11.

鍾小晴外公家對面公寓樓頂，躺著兩個男人。

其中一個是阿狼，另一個黑衣黑褲，戴著黑色鴨舌帽、連口罩都是黑色的。

阿狼被黑衣男人雙腳緊箍著腰際，兩人像是綜合格鬥地板技對抗般糾纏在地上，但和擂台格鬥不同之處，是阿狼身上，有好幾枚血洞。

血洞來自黑衣男人手中利刃。

黑衣男人雙腿箍著阿狼的腰，左手勒著阿狼頸子，右手反握著尖刀，再一次扎進阿狼肋間，然後拔出。

再扎進，再拔出。

「救我……」阿狼雙手緊握著兩把香，前方一只敞開的行李箱中擺著兩碗插著香、滴滿鮮血的生白米，兩碗米上的香柱上纏著兩捆黑髮、貼著兩張符——一張符上寫滿紅字、一張符是墨綠色字跡。

原來阿狼儘管找出了鍾小晴住處，但他和鍾小晴媽媽張娟在醫院廁所一戰失手，沒能將張娟封印進自己身體，胸腹那堆刀傷發炎流膿，疼得他無法親自動手，在聲音指示下，他帶齊傢伙潛上鍾小晴外公家對面樓頂，擺米施法，同時指揮兩對子母囚，進攻鍾小晴家，同時防守廢廟地窖。

但這莫名其妙的黑衣人不知不覺摸到了他身後，還亮刀捅他。

他被亂刀捅得莫名其妙，扯破喉嚨急喊子母囚快來救他，但耳裡的聲音怒吼喝叱要他閉嘴，代他下令血子母囚繼續殺人毀陣、青子母囚回頭保護骨灰罈。

阿狼過去許多年，都將聲音奉為天神，但在這性命交關之時，也只能抗命，緊握兩炷香，嘶吼著喊子母囚快點過來救他。

聲音怒吼下令，要子母囚別聽阿狼，快點毀陣、救骨灰。

阿狼慘叫著要子母囚救他。

「我看錯你了！你這沒用的廢物……」聲音勃然大怒。

「我……我……」阿狼雙手垂地，兩炷香散落一地，不再搭理聲音，也不再求救，微微轉頭，喃喃地對身下黑衣人說：「你……你到底是誰？我哪裡……得罪你了？」

「我是誰？很重要嗎？」黑衣人喘氣冷笑。「被你殺死的那些人，知道你是誰嗎？」

「你為什麼……」阿狼虛弱地問。

「為什麼？因為爽啊！」黑衣人哈哈大笑，湊在阿狼耳邊說。「跟你一樣，不是嗎？你有對著鏡子，問自己同樣的問題嗎？你可以，我不行嗎？」

「放我一馬……拜託……很痛……我給你跪……好不好？」阿狼呢喃呻吟，還沒說完，脖子也被尖刀捅入。

「不好。」黑衣人對著阿狼耳朵冷笑說：「應該有很多人這樣求過你吧，我的答案，跟過去的你一不一樣？你有聽清楚嗎？要不要我再說一次——不好。我不放過你。怎麼樣？有沒有爽？有爽嗎？」

黑衣人不等阿狼回應，將插在阿狼頸上的尖刀一把抽出。

鮮血噴泉般自阿狼脖子噴出。

黑衣人推開動也不動的阿狼，站起身，望著眼前阿狼半晌，轉身要走，卻聽見阿狼身子又發出了微弱聲音。

他回頭，只見阿狼雙手在懷裡掏摸著，摸出一只如同古早藥包般的小紙包，顫抖地塞入嘴裡，緩緩咀嚼起來。

黑衣人回到阿狼身邊，在他臉旁蹲下，好奇說：「你這傢伙，這樣還不死？」他說完，立時照著阿狼胸膛，又補上三刀。

但他第三刀，被阿狼再次伸起的手牢牢抓住。

阿狼不知哪兒來的力氣，掙坐起身，將黑衣人反壓倒在地上，騎坐在黑衣人腰際，雙眼血紅一片，頸子還噗喫喫地冒著血，口鼻瀰漫出陣陣紅黑煙霧，猙獰笑著，用一隻手抓著黑衣人兩隻手，騰出的一手，從口袋裡摸出他那寶愛小刀。

「你……你是妖怪嗎？」黑衣人呆愣愣地望著阿狼，使盡全力也掙不開阿狼單手緊握。

「我不是妖怪，我只是吃下師父的骨灰。」阿狼嘿嘿笑說：「剛剛你捅我捅得很過癮吧，現在換我了，呵呵——」

阿狼握著小刀壓上黑衣人頸子，拉開——

鮮血爆湧濺起，濺紅阿狼一臉。

但下一刻，阿狼身子顫抖起來，害怕地問：「師父？師父你怎麼了？爲什麼我全身又開始痛了？你不是借我力了嗎？」

「哼。」聲音惱火咒罵：「你這蠢材、廢物，要不是你，我不會被那臭道士燒了骨灰！現在我就剩這點骨灰，要是讓你吞了，我遲早被你害死，我不需要你了，你給我滾！」

「什麼？」阿狼身子痙攣顫抖起來，咧開嘴巴對著黑衣人冒血頸子連連作嘔，嘔出一團團紅黑色漿汁。

那漿汁彷彿有生命般，鑽入黑衣人頸子破口，跟著像是拉拉鍊般，將黑衣人頸上裂口給拉上了。

「師父、師父……我錯了……我……」阿狼癱倒在地，痛苦掙扎。「好痛、我好痛……」

「媽的……」黑衣人掙扎起身，從阿狼手中搶下小刀，猛力朝著阿狼身上補刀，一刀又一刀，直到耳朵響起一個奇異聲音，這才停手。

「好了好了，別氣了，他死了。」聲音說：「你趕快走，我那蠢徒弟剛剛在巷弄裡放的迷魂法術快沒效了，警察很快會搜索四周，你不想被抓，就趕快跑……」

黑衣人摀著脖子，快步離去，喃喃問：「你是誰？你怎麼在我身體裡說話？」

「我是鬼，不過你別怕，我不會害你呀孩子。」聲音說：「剛剛被你殺死的傢伙是我徒弟，那蠢東西成事不足敗事有餘，害我九成骨灰都給燒了，你很棒，你比他更棒，我愛死你了，從今天起，你當我徒弟吧。」

「當你徒弟能幹嘛？」黑衣人下樓，沒入夜巷。

「我知道你喜歡殺人，和我那蠢徒弟一樣。」

「然後呢？」黑衣人反問。「我喜歡殺人，跟當你徒弟有什麼關係？」

「當然有關係。」聲音說：「我可以教你很多東西、能賜你力量，讓你更痛快地殺人，殺多少人，都不會被抓……」

「所以這傢伙殺人，都是你叫他殺的？」黑衣人問。

「我叫他殺了很多人。」聲音說：「不過在我叫他殺人之前，他已經在殺人了，不是每個人都有殺人的天分，我也沒那麼隨便什麼破爛都收，你有這個天分，你有資格當我徒弟。」

「你們殺過誰？說來聽聽——」

「我們殺過不少人，嗯，比較出名的——你知道幾年前，有個剝皮魔的新聞嗎？嘿嘿嘿……」聲音得意地說。

「剝皮魔？」黑衣人哦了一聲。「我知道，當時我是警察，這案子是我辦的。」

「那我們眞是有緣哪！」聲音開懷大笑。「今天眞是幸運，我這是死裡逃生哪，我那徒弟壞了大事，還好你即時出現，接收我剩餘的骨灰，不然那臭道士砸了我罈子，又沒人供養我，我可要魂飛魄散了。」

「你還需要供養？」

「要，當然要！」

「我怎麼供養你？」黑衣人問。

「找個至陰之地躲著，宰些活雞活鴨，用雞鴨血餵我，讓我補補魂，等我道行恢復之後，再餵我人血——」聲音這麼說。

「餵你？怎麼餵？」黑衣人問。

「本來我徒弟都把血淋在我骨灰上餵我，不過現在……」聲音說：「我大半骨灰給那臭道士燒了，剩餘的骨灰溶入你血肉裡，所以你得用你的嘴喝了……」

「你要我喝生血？」

「是啊——」聲音急急說：「你別害怕，血很補的，我會慢慢教你，你會愛上那味道，你用你的身體養我的魂，我不會虧待你，來，我講更多故事給你聽，你想聽什麼樣的故事？男人還是女人？老人還是小孩？」

「我想想——」黑衣人說：「你還是講剝皮魔好了，我想弄清楚那件事。」

「好。」聲音咯咯笑著。

12.

鍾小晴房間狼籍一片。

血嬰孩卡在防盜捲窗破口上，焦黑軀體數道裂痕逐漸崩大、碎落。

紅袍女人則伏倒在前院，同樣焦黑一片，屍身還燃著餘火。

鍾小晴、銳凱和思萱呆立在房中，分別望著門和窗的方向，像是還擔心兩具焦屍會再次竄起暴走；張睿光、張土豆和張娟，靜靜站在三人身邊，同樣警戒著不敢大意——

十餘分鐘前，紅袍女人吹滅了八卦陣上大半燈火，房內陽氣登時耗弱，子母凶戾氣恢復，女人嬰孩因此硬擠進房內，剎時房中人屍鬼們亂糟糟地鬥成一團。

張土豆生前和程無同樣師承了龍虎山天師派，但他修行道術天分不高，到老也僅學會點皮毛，孫子張睿光更是對此一竅不通，兩老被程無和鍾小晴用觀落陰招來會面，又被張娟強拉上陽世救急，碰見子母凶也是沒輒，僅能死命架臂拉腿地拖延子母凶獵殺三人。

血嬰孩騎在張土豆背上，掄著小拳頭狠敲張土豆腦袋，敲得張土豆哇哇大叫，但一時竟打不倒張土豆，原來這子母凶專門煉來獵殺活人，一口牙啖人頭顱像是啃番茄一樣輕鬆，一雙手破牆撕鐵力大無窮，但打鬼咬鬼，卻不特別在行。

另一邊，紅袍女人倒是比嬰孩機靈些，還清楚自己是奉命來殺人而非屠鬼，它惡狠狠地將鍾小晴撲倒在地，按著她雙肩要咬她脖子，張娟即時撲在紅袍女人面前，死命掐著紅袍女人頸子阻止它咬女兒。

張睿光則自後揪著紅袍女人頭髮，將它腦袋往後拉，銳凱和思萱一左一右拉著紅袍女人雙臂，但是三人兩鬼，仍拉不住這紅袍女人，只能眼睜睜看它咧大的嘴離鍾小晴雪白頸子越來越近。

就在紅袍女人一嘴利牙就要扎進鍾小晴頸子之際，突然收到對面阿狼的求救號令。

血嬰孩尖叫一聲，躍離張土豆肩頭，撲回窗戶，鑽過捲窗；紅袍女人也嚎叫著蹦彈起身，急急奔離房間，衝過客廳，躍進前院，趕去救援阿狼。

下一刻，母子倆又收到聲音命令，折回房間繼續破陣殺人。

然後又聽著阿狼急令，再往外衝。

房內鍾小晴尖叫下令，大夥兒七手八腳地將散落一地的長盤圓盤排回桌上，張土豆儘管不懂伏魔，但八卦樣子倒是記得清楚，排出一個標標準準的八卦。

然後銳凱倒油、思萱擱銅錢、張娟擺燈芯、鍾小晴點火，齊眾人之力，轉眼重啟了方桌上這火八卦陣。

這火八卦本便是張家祖傳陣法，由張家歷代傳人經手改良，八卦太極九只銅盤滿蘊祖先靈氣，因此儘管召來滿屋炙熱陽氣，倒也沒燒著房內三隻鬼。

張睿光在眾人排陣時落單在一邊，可不是偷懶，而是從地上撿起幾枚零星散落的銅錢，嚷嚷地問鍾小晴有沒有硃砂繩子。

張睿光年少時，和爺爺張土豆共同經歷了一次子母凶大戰，他雖然不懂道術，但倒是清楚記得當年祖孫倆，用一只銅錢口罩制伏了子母凶——他從地上撿起的這批銅錢，就是當年他親手套上殭屍嘴巴、鎮住殭屍的同一批銅錢。

當年那只銅錢口罩，經過了許多年，硃砂繩子早已脫落碎散，被鍾小晴外公裝進小布袋裡保存至今。

「什麼硃砂繩子？那是什麼東西？」鍾小晴急急應答。

「這都是當年那些三五帝錢哪！快找來硃砂繩子，將這些銅錢串成一副口罩，戴在子母凶臉上，就能制伏它們！」張睿光揚著手裡幾枚銅錢，嚷嚷怪叫。

重新收到聲音命令的子母凶，再次殺回房。

血嬰孩再次將腦袋擠過捲窗裂口，但感受到房內炙熱陽氣，全身陡然乏力，身子卡在捲窗裂口上，急得哇哇大叫。

張睿光見機不可失，塞了一枚銅錢在血嬰孩嘴裡，哼哼地罵：「你剛剛那麼大力打我阿公啊！」

血嬰孩嘴巴瞬間燃火，嚎啕大哭，將銅錢吐出。

另一邊，紅袍女人也衝回房內，掐住了思萱頸子，但同樣被房內火八卦聚來的陽氣嚇著，又被奮不顧身撲來救人的銳凱自後勒住脖子。

「口罩？對了——口罩！」鍾小晴聽張睿光說到「銅錢口罩」，又見那血嬰孩被銅錢燙得嘴巴起火，靈機一動，掏出口袋裡的銅錢，塞進臉上卡通口罩套裡，跟著轉身摘下口罩，往那將銳凱壓倒在地的紅袍女人臉上一戴。

紅袍女人臉上亮起了火光，尖嚎起來。

「原來殭屍怕口罩塞銅錢！」銳凱奮力推開紅袍女人，掏出自己那份銅錢，全塞入紅袍女人臉上卡通口罩套裡。

紅袍女人拔地躍起，扒臉慘叫，同時像是再次接到阿狼求救號令，急得轉身，踉蹌衝到前院時，全身已經燒成了火球，撲倒在地。

房裡另一邊，思萱也取出身上銅錢，放進鍾小晴給她的那只口罩，拋給張睿光，讓張睿光將口罩掛上卡在捲窗上的血嬰孩臉上。

血嬰孩便這麼腦袋起火地卡在捲窗上。

「死囝仔！」張土豆搶下張睿光手中剩下幾枚銅錢，捏在手上，一拳搥在血嬰孩臉上，將血嬰孩打落出窗。「剛剛打我幾十拳哪！」

直到血嬰孩和紅袍女人燒成焦灰、裂化碎散，大夥都便呆立房中，像是擔心一分神，那恐怖女人小孩，又會從灰燼中站起，凶惡殺回。

13.

清晨時分，離鍾小晴外公家不遠處的一條巷弄裡路燈歪歪斜斜，燈柱下還卡著一輛車。

車上坐著那刑警大叔和他年輕搭檔。

直到兩名交通警察敲了老半晌窗，刑警大叔這才回過神來，按下車窗和交警雞同鴨講半晌，這才驚覺自己撞上了電線桿。

一旁年輕搭檔也瞪大眼睛，像是也不明白發生何事、身處何處般。

「喂！」刑警大叔取出證件遞給車外交警，轉頭問年輕搭檔。「我們爲什麼在這裡？這裡是哪裡？」

「我……我怎麼知道……」年輕搭檔撫腦袋直嚷頭疼，說：「我記得……謝大哥你接到一通電話，好像很急，叫我跟你過來救命……」

「啊！」刑警大叔啊呀一聲，總算想起自己接到銳凱求救電話，說有麻煩了，還給他一處地址，他急忙拉了搭檔趕來救援，但就在即將抵達那地址時，卻無端端駛進一陣霧裡。

在那霧裡分不清前後左右，開到哪兒都不知道，他起初還笑說鬼打牆了，但漸漸地越開越是茫然，神智漸漸恍惚，猶如身現夢境，直到被交警敲窗喊醒，這才發現自己撞上電線桿。

他急忙打給銳凱，銳凱聲音聽來十分疲憊，只說事情解決了，他傷口好痛，吃了止痛藥想早點休息，抱歉打擾刑警大哥了。

刑警大叔愕然之餘，正要問個仔細，卻接到一通插撥電話。

他一見那來電身分，也顧不得銳凱，立時接聽插撥。

是他老同事打來的。

刑警大叔對年輕搭檔使了個眼色，示意他應付交警，自己走到車尾，低聲說：「兆銓，怎樣？」

「嘿嘿，老謝……」電話那端的兆銓聲音聽來沙啞疲憊，但顯得喜悅滿溢。「我逮到他了……」

「什麼？你逮到誰？阿狼？」刑警大叔老謝急問：「你在哪裡？你別自己動手，你知道你揹了幾條罪？」

「我懶得數……」兆銓笑著說：「我只想告訴你，我逮到他了——不是阿狼，那蠢蛋算哪根蔥……」

「我聽不懂你說什麼……」老謝急問：「你到底想做什麼？你到底逮到誰？」

「剝皮魔的案子你記得吧？」兆銓說。

「當然記得，就是因爲這件案子，你才……」老謝急急問：「你怎麼會提起那件案子？那案子不是已經破了嗎？」

「眞凶。」兆銓說：「我抓到眞凶了……」

「什麼？眞凶？」老謝瞪大眼睛。「案子不是已經偵破了？人都死光了，哪來的眞凶？」

「這兩年，我一直覺得有問題……我也是直到剛剛才聽那傢伙說完整件事……」兆銓說：「全部都是他搞出來的……」

「什麼？你到底說什麼？」老謝急喊：「你人在哪裡？你……」

「我人就在——」兆銓大笑幾聲，報上一個地方，正是當年剝皮魔案件墳火凶宅現場。

那凶宅已被拆除，成了一處荒蕪空地。

「你在那裡幹嘛？」老謝問。

「我不是說了，我抓到眞凶，帶他過來……」兆銓笑說，「然後準備判他死刑了……」

「死刑？」老謝持著電話怒吼：「劉兆銓，你不是法官！甚至不是警察了，你有權力隨便抓人判刑嗎？」

「以前可能沒有吧……」兆銓像是早猜出老謝的反應般，淡淡笑著說：「但是這一次，我應該有這個權力……」他聽電話那端老謝仍暴怒嚷嚷，也惱火怒罵：「我都給你位置了，你還囉唆？你他媽到底來不來？」

「我現在過去！你別一錯再錯——」老謝只得掛了電話，轉向交警求援，說發生重大刑案，一秒都拖不得，請交警立刻載他趕去現場，說這起車禍他不會諉過，會全權負責，讓他搭檔繼續留在現場處理。

兩名交警見老謝說得咬牙切齒，額上血管都凸出來了，且也沒有脫罪意思，便留下一名交警在現場處理後續，另名交警立時上車，載著老謝緊急趕往那剝皮魔囚案現場。

老謝在交警機車上急急回報局裡，招來更多同僚，途中換坐上同僚警車，趕抵現場時，遠遠只見到荒蕪草地中央，停著一輛燒黑的車。

車裡坐著一具焦屍，焦屍胸口插著一把尖刀。

在那焦車數公尺外一塊空曠處，整齊放著證件和手機，彷彿是刻意證明身分的遺物般。

老謝拿起證件，吸了口氣，知道車裡焦屍，便是剛剛與他通過電話的老搭檔劉兆銓。

「你到底做了什麼……」老謝取起手機，見手機並未上鎖，且畫面停留在一則錄音上，像是刻意留給老謝的訊息。

老謝按開錄音，回頭望著車內焦屍，聽見了劉兆銓和一個沙啞奇異的聲音對話著——

「孩子呀，你帶我回到凶案現場，聽我講當年故事，有什麼感想？」

「我覺得你真不簡單，竟然能憑一張嘴，隔空弄死這麼多人……」

「我有我的本事，但也得要我的徒弟們配合才行哪，嘻嘻，你心癢癢了對吧，我聞得出來，你有殺人的天分，我們可以配合得天衣無縫。」

「可能吧——對了，你剛剛說以後要我供養你、餵你喝雞血人血，那有沒有什麼不能吃的東西？」

「啊呀！你不說我都忘了，你吞下我的骨灰，和我魂魄相連，不能吃的東西可多了——真是抱歉，委屈你了，我會好好回報你的……」

那聲音一口氣說了一大串不能吃的食物，多半是些藥材。

「雄黃、艾草……誰吃這種東西，這些東西你不說我也不會吃……」

「我是提醒你，這些東西，最好連碰都別碰，還有呀……我怕火、討厭太陽，可以的話，你以後盡量晚上行動。」

「怕火、怕太陽……嗯，現在天都快亮了呢……」

「是啊……孩子，你差不多該回家了吧，光是現在這陽光，我就覺得有點刺眼了，我也是第一次被人吞下肚，我的魂剛受大傷，被太陽一曬，有點暈呢……走吧，帶師父回你家參觀參觀。」

「好啊。」

「嗯？你怎麼了，幹嘛下車？」

「我打通電話——」

「打電話？怎不在車裡打？現在天亮了，我的魂傷了，怕曬呀，唉唉呀、唉喲好刺眼哪！快回車上去，師父說話你怎麼不聽哪……」

……

……

「你和誰講電話？你剛剛說什麼來著？你找到眞凶，要判他死刑？你要判誰死刑？該不會是我吧？嗯？嗯？你幹嘛？怎把電話扔下地啦？你夾了啥東西在領子上？」

「無線麥克風，我要上車了，手機留著繼續錄音。」

「錄音？你錄音幹嘛不拿著手機錄音，你把手機扔在地上用無線麥克風錄音是啥意思？嗯，你不是要上車？繞到車屁股幹啥？啊？你開行李箱拿什麼？那是什麼？」

「我把手機留給老謝，不然他怎麼知道發生了啥事？」

「發生啥事？還有你拿這桶東西上車做啥？這裡頭裝了啥？」

「你不是聽見我講電話了嗎？我跟他說，我抓到眞凶了，準備對他行刑了。」

「行刑？你要對我行刑？」

「不然呢？除了你還有誰？」

「什麼？你說什麼？啊！你幹什麼？你淋了什麼在身上？你這瓶是什麼東西？啊……是汽油！你想放火燒我？你瘋了不成？你這樣不是連自己都給燒了嗎？」

「我高興，不行嗎？」

「你……你爲什麼這樣？你不是喜歡殺人嗎？你身上有殺人魔的氣味！我們臭味相投啊！你爲什麼要燒我？啊！別……別點火！我警告你，你右手被我控制住了，你敢點火的話，我就……我……」

「你就怎樣？你控制我的右手，拿我的刀，抵著我胸口，然後呢？怎麼不用點力？要不要我幫你？你怕我左手一鬆，打火機會掉在汽油上啊？」

「你到底想怎樣？你和阿狼明明是同類人，不是嗎？爲什麼他想當我徒弟，你不想呢？」

「同類人？或許是吧，但就算是同類人，也有不一樣的地方，不是嗎？」

「哪裡不一樣？你說哪裡不一樣啦？你做什麼？你爲什麼把身體往前靠、壓著方向盤？別再往前啦，刀要插進你胸口啦！喂、喂喂！你聽不見我說話？我說刀插進你胸口啦！啊呀，疼……好疼，我的骨灰融入你血肉、你疼我也會疼哪……刀插進胸口啦，好疼哪——」

「他殺女人、殺老人、殺好人，我只殺他這種人，這算一樣還是不一樣？他拜你為師，求你救他生命，求你幫他殺更多人；我不當你徒弟，不但要燒了你，還不惜燒了自己，這算一樣還是不一樣？」

「你……你……你瘋啦！好疼啊！別鬆手、別鬆手，打火機要掉啦——啊——啊啊——」

轟——

轟隆隆——

太陽漸漸升起，老謝聽完錄音，望著被群警包圍蒐證的焦車上那焦黑一片的兆銓，神情茫然，久久無法言語。

14.

此後很長一段時間，老謝不時想起兆銓、想起這件事。

他找了個豔陽晴天，約出銳凱和思萱見面，他見他倆手牽著手赴約，這才知道原來他們是成了情侶。

他向兩人詢問那夜那通求援電話當下，究竟發生了什麼事。

兩人起初支支吾吾，不知該怎麼說才好，後來索性從十餘年前鍾小晴母親張娟被阿狼殺害說起，到阿狼返回本地盯上思萱、張娟現身幫助思萱，再到他張貼尋人啟示，先後引來了阿狼和鍾小晴，最後聯手協助道士程無燒毀巫師骨灰，滅了入侵的子母殭屍，一切歸於寧靜。

鍾小晴向遠居美國的舅舅討了一筆新的經費，修好了房門和窗戶；銳凱則正式和鍾小晴簽約租屋，入住那棟保全嚴密到連殭屍都擋得了的公寓套房；思萱預計今年租約到期之後，也會遷入其中。

銳凱說完，誇張地深呼吸，說這件事憋在心裡太久，總算能向外人傾吐，還半開玩笑地說老謝不相信他也沒辦法，總之他已經將自己知道的一切都說了。

老謝神情平淡，對銳凱一番神奇供詞不置可否，倒是好奇思萱現在是否還是認不出人。

思萱說她後來從電視新聞上得知那殺人魔阿狼，當夜也離奇死在對樓，從那之後，她看其他人，臉上那如雲似霧的口罩，漸漸消散了。

現在的她，已經能夠清楚見到每一個人的模樣——只不過因爲疫情的緣故，現在街上人人戴著口罩，要見到街上人人臉上都是清晰五官的場面，或許還要等上好一段時間。

銳凱神祕兮兮地插嘴，說他雖然不知道阿狼確切死因，但覺得阿狼的死肯定和他背後的巫師有關，說不定是巫師誘阿狼自殺，讓阿狼用自己的血餵子母凶獻祭，才讓那子母凶如此窮凶惡極。

老謝聽過兆銓錄音、和兆銓通過電話，大略能推斷出阿狼死因，但他也沒多說什麼，只對兩人說，事情都過去了，要他們好好生活，祝他們交往順利、終成眷屬。

臨別前，思萱取出兩只香包送給老謝。

她說這香包叫作「醒神」，是她房東祖傳配方，能夠提神醒腦、安定心神，她說老謝看起來很疲憊，像是長期失眠，把這香包擺在枕頭旁，或許能夠睡得好一點。

老謝微笑接下香包，湊近鼻端深深一聞，向兩人道謝。

後記

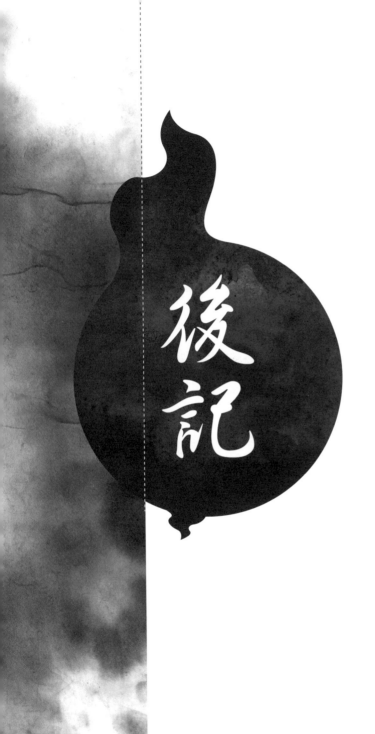

芙蘿

我的童年時期正好是香港恐怖電影的黃金時期，《陰陽路》系列、《三更》系列、《見鬼》系列……等，是如此地光輝燦爛，滿足了我對於鬼怪的好奇，也帶給我無限的想像和啓發。

印象最深刻的就是融合了傳統道教、歷史背景和精彩武打的《林正英殭屍系列》，那一部部好比夜空煙火、絢爛迷人。我看得入迷，對殭屍信以爲眞，因此「道士」就成了我的第三志願。然而隨著年齡增長，有天我意識到法服很醜，所以很快就將這個志願拋諸腦後。

隨後香港電影逐漸沒落，殭屍電影已成絕響。一直到二〇一三年，麥浚龍導演的《殭屍》才再度讓殭屍題材回歸到大螢幕前。在電影院裡，一片尖叫聲中，我感動地哭了起來，久違的童年啊！美好回憶點點滴滴湧上心頭，我當時就想著：如果以後有機會，眞想來寫個殭屍題材的故事啊。

後來因緣際會寫起《老梅謠》，爲了故事中的「玄清派」能更有歷史厚重感、更立體眞實，我曾花不少工夫了解道教和道術。此次寫〈銅錢罩〉，更有一種溫故知新之感，創作的過程不僅萌生許多新的領悟，也給了我極大的樂趣。

很榮幸能與四位大神們一起以《口罩》主題，聯名創作。而且還可以提前拜讀大作耶，根本是福利吧（歡呼）！若是未來有機會再合作，就太棒了！

每個人的心中都有一個宇宙，同樣以《口罩》為出發點，最後長成的故事、風格卻是型態各異，但讀來皆是精彩絕倫，再再令我嘆服不已。

還有，感謝「華星娛樂」這個大家庭給予我許多創作上的建議。同時也感謝「奇幻基地出版社」給予作者很大的創作空間，讓我可以盡情揮灑，並一圓我多年前的心願：寫一回殭屍。

藉此機會以〈銅錢罩〉向我心中永遠的道長——林正英和《殭屍》系列電影工作者致敬！

最後，今年（二〇二〇年）無疑是沉重的一年，但願接下來全球疫情能趨緩，也希望大家都能否極泰來！

龍雲

大家好，我是龍雲。

曾經聽家母提過，小時候第一次到幼稚園，發生過一件事情。聽說當時的老師，對我笑著並且用對小孩那種語氣說：「好棒喔。」之類的話，結果我惡狠狠地瞪著她，甚至就這樣瞪了她一天。雖然我沒有半點記憶，不過我完全相信我確實有可能這麼做。因爲我從小就對那種虛僞、浮誇的稱讚，與誇張、僵硬的笑容感到十分反感。說不上是懷疑別人有什麼陰謀，但是可能在我的感官上，這算是一種挑釁或者是嘲諷吧？總之就是會感覺到有點不舒服，才會有那樣的反應。雖然後來經過了教育與社會化的過程，我不會再因爲這樣瞪人，不過難免還是會對這樣的反應感到不適。這也是這篇短篇的由來，其實說穿了，多少還是對於笑這件事情，感覺到有點恐懼吧？最後希望這個故事，大家會喜歡，謝謝。

不帶劍
五倍想像力

寫了《恐懼罐頭》系列多年，讀者給予的回饋常常會讓我誤以爲自己風格多變，不拘一式——直到我參與了這次共同創作，才眞正體會到跳出框架的感覺。如果說每位創作者都是以想像力作爲故事的邊界，若將五位創作者的想像空間加以重疊、互相碰撞，故事的盡頭會走到什麼地方？

我對於這個問題充滿興趣，所以接受了這次共同創作的邀請。

首先要想一個主題，讓其中四位創作者各自進行獨立創作，最後再交由第五位創作者彙整而成連貫的故事，前因後果，有如一體。

星子自願接下最後一棒大任的英姿至今仍讓我印象深刻。

對於寫了幾十個罐頭的我來說，這樣共同創作的模式不免佔了些主場優勢，畢竟罐頭的製造流程就是隨機挑選主題、思考適合的口味，再逐字完成一道詭譎特異的饗宴。

我們命題選了「口罩」，輕薄短小，卻在世界歷史上創造了截然不同的巨大意義。

遮掩氣息與面容，我從口罩的兩個特性著手，尋找適合翻轉的支點。原本以爲大家的切入點會大同小異，但當四匹脫韁野馬縱橫之後，才知道方寸之間，都藏著宇宙。

等到閱讀完第五個星子的故事後，更不免讓人懷疑，究竟他是最後的收尾者？還是最初的發想者？或許這也是我們留給讀者的開放式結局吧。

興奮如我，歡迎來到想像力加乘的世界！

路邊攤

從我一開始寫小說的時候，我就很想創作出那種沒有人寫過、而且難度很高的小說。

例如說，故事中的每個人都沒辦法說話，所以整個故事沒有半句台詞，只能靠描寫動作跟表情來讓角色之間相互溝通，讓故事進行下去。

或是將主角設定爲盲人，故事中沒有色彩跟任何畫面，只能將主角的觸感跟聽覺化爲文字，讓讀者跟主角一起在黑暗當中摸索。

不過這些故事我現在一個也沒寫出來，直到接到《口罩》這個主題的時候，我靈光一閃，那就來寫一篇主角完全看不到其他人的臉孔的故事吧！

在蒐集相關資料的時候，我誤打誤撞發現了伊達口罩這個名詞，我才發現原來身邊早就有這樣的現象存在了……早在疫情出現之前，總是有幾個朋友整天戴著口罩，只有吃飯喝水或回家後才會拿下來，我本來無法理解他們爲何這麼愛戴口罩，直到現在，爲了穩定疫情，我外出時也會戴上之前很少戴的口罩，這才發現口罩眞的是個好用的東西。

除了防疫之外，它讓我不用在意自己的鬍渣長度、也不用留意鼻毛有沒有跑出來、想到有趣的事情時可以在口罩底下笑出來、在便利商店遇到插隊的人時更可以直接在口罩下罵髒話。

或許在這一切過後，我也會加入伊達口罩的行列也說不定。

星子

《口罩》這個主題最初是由芙羅提出建議，大家一致覺得不錯。畢竟這東西，可是這段時間所有人時時刻刻掛在臉上、記在心裡，戴著不舒服、不戴心不安的神奇小物。

這樣一枚讓人愛恨交織的東西，加入鬼怪、恐怖的元素，寫成故事，會變成什麼樣子？引發出什麼情節呢？動工之前，還眞沒想過。

對從未和其他作者合寫過作品的我來說，這次的寫作是個有趣的嘗試。我長年寫作至今，養成了習慣的故事套路、角色詮釋、風格表現；我也相信所有寫作者都是如此。

時間一久，有時我會驚覺自己在反覆走過無數次的過程裡，錯漏掉一些其實也很有趣的東西。

正因爲如此，我接下了這個案子，希望用過去未曾經歷過的寫作方式，鑽研一下「說故事」這件事，有沒有被過去的我遺忘的、疏忽的各式各樣的小樂趣。

我收穫至豐。

境外之城 107X

口罩：人間誌異（首刷限量水墨風口罩收納夾版）

作　　者／星子、不帶劍、路邊攤、龍雲、芙蘿
企畫選書人／張世國
責任編輯／張世國
發行人／何飛鵬
副總編輯／王雪莉
業務經理／李振東
行銷企劃／陳姿億
資深版權專員／許儀盈
版權行政暨數位業務專員／陳玉鈴
法律顧問／元禾法律事務所　王子文律師
出版／奇幻基地出版
城邦文化事業股份有限公司
台北市 104 民生東路二段 141 號 8 樓
電話：(02)25007008　傳眞：(02)25027676
網址：www.ffoundation.com.tw
e-mail：ffoundation@cite.com.tw
發行／英屬蓋曼群島商家庭傳媒股份有限公司城邦分公司
台北市 104 民生東路二段 141 號11 樓
書虫客服服務專線：(02)25007718・(02)25007719
24 小時傳眞服務：(02)25170999・(02)25001991
服務時間：週一至週五09:30-12:00・13:30-17:00
郵撥帳號：19863813　戶名：書虫股份有限公司
讀者服務信箱 E-mail：service@readingclub.com.tw
歡迎光臨城邦讀書花園 網址：www.cite.com.tw
香港發行所／城邦（香港）出版集團有限公司
香港灣仔駱克道 193 號東超商業中心 1 樓
電話：(852) 2508-6231 傳眞：(852) 2578-9337
馬新發行所／城邦（馬新）出版集團
【Cite(M)Sdn. Bhd.(458372U)】
11, Jalan 30D/146, Desa Tasik,
Sungai Besi, 57000 Kuala Lumpur, Malaysia.
電話：(603) 90578822　傳眞：(603) 90576622

封面插畫／葉羽桐
封面設計／邱宇陞工作室
排　　版／極翔企業有限公司
印　　刷／高典印刷有限公司
■2020 年（民 109）9 月 1 日初版一刷

售價／360元

國家圖書館出版品預行編目資料

口罩：人間誌異／星子、不帶劍、路邊攤、龍雲、芙蘿 著 .-- 初版 .-- 台北市：奇幻基地出版；家庭傳媒城邦分公司發行；2020.09（民 109.09）
面；公分 .--（境外之城：107）
ISBN 978-986-99310-1-4（平裝）

863.57　　109009985

ISBN 978-986-99310-1-4
EAN 4717702106331

Printed in Taiwan.

※ 本故事內容純屬虛構，如有雷同，純屬巧合。

廣　告　回　函
北區郵政管理登記證
台北廣字第000791號
郵資已付，免貼郵票

104台北市民生東路二段141號11樓

英屬蓋曼群島商家庭傳媒股份有限公司城邦分公司 收

請沿虛線對摺，謝謝

奇幻基地

每個人都有一本奇幻文學的啓蒙書

奇幻基地官網：http://www.ffoundation.com.tw
奇幻基地粉絲團：http://www.facebook.com/ffoundation

書號：1HO107X　　書名：口罩：人間誌異（首刷限量水墨風口罩收納夾版）

請於此處用膠水黏貼

奇幻基地

讀者回函卡

謝謝您購買我們出版的書籍！請費心填寫此回函卡，我們將不定期寄上城邦集團最新的出版訊息。

姓名：________________　性別：☐男　☐女

生日：西元________年________月________日

地址：________________

聯絡電話：________________傳真：________________

E-mail：________________

學歷：☐ 1.小學　☐ 2.國中　☐ 3.高中　☐ 4.大專　☐ 5.研究所以上

職業：☐ 1.學生　☐ 2.軍公教　☐ 3.服務　☐ 4.金融　☐ 5.製造　☐ 6.資訊

☐ 7.傳播　☐ 8.自由業　☐ 9.農漁牧　☐ 10.家管　☐ 11.退休

☐ 12.其他________________

您從何種方式得知本書消息？

☐ 1.書店　☐ 2.網路　☐ 3.報紙　☐ 4.雜誌　☐ 5.廣播　☐ 6.電視

☐ 7.親友推薦　☐ 8.其他________________

您通常以何種方式購書？

☐ 1.書店　☐ 2.網路　☐ 3.傳真訂購　☐ 4.郵局劃撥　☐ 5.其他

您購買本書的原因是（單選）

☐ 1.封面吸引人　☐ 2.內容豐富　☐ 3.價格合理

您喜歡以下哪一種類型的書籍？（可複選）

☐ 1.科幻　☐ 2.魔法奇幻　☐ 3.恐怖　☐ 4.偵探推理

☐ 5.實用類型工具書籍

為提供訂購、行銷、客戶管理或其他合於營業登記項目或章程所定業務之目的，英屬蓋曼群島商家庭傳媒（股）公司城邦分公司，於本集團之營運期間及地區內，將以電郵、傳真、電話、簡訊、郵寄或其他公告方式利用您提供之資料（資料類別：C001、C002、C003、C011等）。利用對象除本集團外，亦可能包括相關服務的協力機構。如您有依個資法第三條或其他需服務之處，得致電本公司客服中心電話 (02)25007718請求協助。相關資料如為非必要項目，不提供亦不影響您的權益。

1. C001辨識個人者：如消費者之姓名、地址、電話、電子郵件等資訊。
2. C002辨識財務者：如信用卡或轉帳帳戶資訊。
3. C003政府資料中之辨識者：如身分證字號或護照號碼（外國人）。
4. C011個人描述：如性別、國籍、出生年月日。

對我們的建議：________________

請於此處用膠水黏貼